直到教室只剩下一個人

教室が、ひとりになるまで

kyoshitsu ga、
hitori ni narumade

淺倉秋成
Akinari Asakura

王華懋——譯

目錄

contents

第一章 ❋ 告白 007

第二章 ❋ 國家 061

第三章 ❋ 普通語言學教程 125

第四章 ❋ 論人類不平等的起源與基礎 225

終　章 ❋ 悲劇的誕生 301

主要角色

main characters

垣內友弘

二年A班學生。
美月的青梅竹馬，住同一棟社區大樓隔壁戶。

白瀨美月

二年A班學生。
第三名學生自殺後，由於心理創傷過大，長期請假未到校。

小早川燈花

校園美女，是二年B班的中心人物，
卻在女廁上吊自殺了。

村嶋龍也

二年A班學生，原本是籃球隊王牌選手，
從教室大樓跳樓自殺。第二名自殺者。

高井健友　二年A班的開心果。
從教室大樓跳樓自殺。第三名自殺者。

山霧梢繪　二年A班的中心人物，積極籌辦娛樂企劃。
小早川遺體的第一發現者。

八重樫卓　二年A班學生，足球隊員。
在別班有女友。

園川春吉　二年A班學生。
未參加社團。

檀　優里　高井自殺時在現場的二年B班學生。

林　未來　和自殺的高井交往的二年A班學生。

第一章 ✻ 告白

1

「這真的太令人難過了，短短一個月內，竟有多達三名學生結束了自己的生命。」

可能是因為說出口來，再次為這異常的狀況感到崩潰，校長說到這裡，好半晌再也無法作聲。他毫無意義地重新拿好稿紙，但每次捏緊，紙張搖晃的悲切沙沙聲便透過麥克風傳遞出來。預期之外的沉默，讓體育館裡的空氣也變得更加滯塞。

被牽動一般，我的周圍再次響起原已一度平息的嗚咽聲。哭得最大聲的是和尋短的高井健友交往的林，她連站都站不住，整個人蜷蹲在地上，山霧和佐伯撫摸著她的背安慰，但自己也一樣抽噎不止。男生也是，和村嶋龍也感情特別好的八重樫還有郡山，都是一副無法承受的模樣。

「有時候……」

聲音有些走了調，校長掩飾地摸了摸鼻頭。

「有時候也是會遇到艱難的事，會想要拋下一切。或許……也會有想要一了百了的時候。而真正痛苦難過的時候，或許我們教職員無法成為同學們的依靠。」

說到這裡，校長將目光從稿紙上抬起，正面注視著學生們。

「可是，各位同學還有無可取代的朋友。現在你們身邊的每一個人，就是你們最大的支柱。只要牽起彼此的手，有些高牆是能夠一起跨過的，牽起彼此的手，就能看到某些光明。各位同學，難過的時候，請一定要跟身邊的人談一談，每個人一定都願意伸出援手。當然，我們教職員也會竭盡全力。請不要一個人煩惱，向身邊的人……」

口袋裡的手機震動了。我用不引人注目的最細微的動作查看螢幕。是打工地點的ＬＩＮＥ群組，店長發訊息了。

『店裡臨時缺一個人手，今（四）明（五）晚上六點的班，有人可以支援嗎？』

我立刻簡單地回覆『我是垣內，我今天可以。我也會再看一下明天能不能去』，再將手機滑進口袋藏起來。接著小心地挺直背脊，好再次融入體育館的氣氛裡。

比起嗚咽，更接近哭號的聲音再度響起。我慢慢地閉上雙眼，深深吐氣，就像要把體內的空氣全部擠出去。

「垣內，過來一下。」

班會結束，我收拾好東西準備離開教室時，班導向我招手。我們班導河村才三十出頭，跟其他教師比起來，算是年輕的。他是體育老師，據說學生時期是長跑選手，因此體型與其說是魁梧，更接近精實柔韌。他完全沒有那種體育人常見的空泛熱情或盛氣凌人，反而散發出一種難以言喻的懦弱與纖細氣質。

「我記得你跟白瀨住同一個社區吧？」

「……對。」

「不好意思，你可以去看一下她嗎？」

「……我嗎？」

「嗯。」班導低嘆回應，閉上眼睛片刻，說道：「山霧去聯絡她，最近好像也都完全沒消息。可是你也知道，不能丟下她不管吧？同學們突然發生那種事，她的心理一定受到很大的創傷，得有人去關心她一下。」

「這……是這樣沒錯，可是應該還有比我更適合的人選。喏，白瀨應該也有男朋友……」

班導舉起右手打斷我的話，微微點了幾下頭，就像在說「你想說什麼我都明白」。接著說明不管感情再怎麼好，都不能未經本人同意告知他人住址（和白瀨要好的朋友們不知道她家住哪裡），雖然老師可以直接拜訪，但他不認為教師突然出面會是好主意，請同學去關心比較自然，白瀨應該也比較容易被感動，所以從國中就和白瀨同班的我是最適合的人選。

我面露些許難色，但班導不予理會。應該是絕招的「我今天要打工」這句話，因為沒有向校方申請，無法搬出來當擋箭牌。不知不覺間，班導已經把裝了講義的大信封遞給我，說「去看一下她就好了」，敲定了這件事。「老師真的很以我們班為榮。大家感情都這麼好、這麼團結，沒有霸凌，也沒有歧視。這可不是客套話，這麼棒的班級，老師真的是第一次遇到。我絕對不希望再看到班上少了任何一個同學。垣內，你也是吧？」

「……當然了。」

「現在班上的氣氛確實不是很好，可是我們班一定可以重新振作起來的。交給你了，拜託。」

班導離開後，哭得雙眼紅腫的山霧梢繪和佐伯茉凜過來了。她們兩個向我遞出一只粉藍色信封，請我一起送去給白瀨。

「美月真的拜託你了，垣內。這種時候，我們更應該要團結才行。」

「你跟美月說，這次的**娛樂活動**，要是少了她就不辦了。我們絕對會等她回來。」

我擠出笑容說：「好，我會轉告她。」把她們給我的信放進班導給我的信封裡。

「真的、真的拜託你囉！」

「我會盡量努力。白瀨一定也會明白妳們的心意的。」

社團活動開始前，足球隊和籃球隊的人在走廊打發時間，我穿過他們之間，好不容易來到樓梯口，吐出一直憋在胸口的嘆息。

美月——白瀨美月確實跟我住同一棟社區大樓，更正確地說，她家就在我們家隔壁戶。班導說我們「從國中就同班」，不過同樣講求精確來說，我們從小學二年級就認識了，我們小時候經常玩在一起。小學生只要住得近，不管對方是什麼性別或個性，都能玩在一起。我們一起在大樓停車場跑來跑去，或是拉著爸媽一起去有運動遊樂器材的公園和遊樂園……兩人的回憶，兩隻手都數不清。但現在我們幾乎不再交談了，不過也不是發生過什麼讓我們翻臉的決定性事件，或父母彼此交惡。

完全就只是自然而然。

就像從某個時間點開始，自然就對兒童教育節目失去興趣那樣，一股無以名狀的斥力拉開了我倆。上了國中以後，我們就幾乎不再交談了，因此升上高二，久違地又變成同班同學時，那種感受實在很複雜。比起「再次指教囉」，感覺更接近「不曉得該怎麼相處才好」。

我在總是刻意快步經過的五〇一號前停步，搶在軟弱的自己奪走主導權之前按下門鈴。在鈴聲逐漸融入沉默的過程中，我沒來由地把信封從右手交到左手，再從左手移到右手，交換了三次。門鈴沒有回應。

如果美月家的狀況都和以前一樣，那麼她爸媽都在上班。所以如果家裡有人，應該就只有美月一個人。我不知道她是憂鬱到甚至無法應門，還是出門去超商之類的地方，只是如果她不應門，我也無計可施。為了給自己藉口，我決定再按一次門鈴，然後放棄跟她見面。我有些如釋重負。

我覺得把沒有任何文字的信封袋直接丟進信箱滿沒禮貌的，想說寫幾個字也好，留個言在上面，便從書包掏出筆來，結果這時傳來了開鎖聲。我嚇到連自己都覺得丟臉，弄掉了正要掏出來的筆。門打開了少許幾公分，大約是門鏈的寬度。

「只有……你一個人？」

雖然沒看到人影，不過是美月的聲音。事發突然，我停頓了好久，才對著窺孔另一頭的美月說：「只有我。」

「沒有別人？」

「……沒有。」說到這裡，我總算想起預先準備好的說詞。「不好意思突然跑來找妳。班導叫我來看看妳，所以我才過來的。大家都希望妳快點回來學校。

這些是妳請假期間的講義，還有山霧和佐伯給妳的信。」

沒有回應。我擔心美月是不是已經離開門前了，謹慎地問出口。

「……妳身體還好嗎？」

我正考慮是不是應該再補個一句，卻聽到微弱的聲音：「我身體……沒怎樣……」

「……這樣啊，那……」

「對不起。」美月打斷我說：「我……不能去學校。」

我覺得好像應該說點什麼，卻終究沒想到合適的話。我放棄地點點頭，

「……我會轉告大家。勉強自己也不好，而且發生了那麼可怕的事，還是需要一些時間調適心理……」

「不是。」

「……不是什麼？」

「學校有殺人兇手。」

我一時無法理解她說了什麼，但我完全錯失了反問的時機，兩人之間冒出了明顯不自然且詭異的空白。我連呼吸都忘了，等待門縫間傳出下一句話。短短

數秒，但感覺長達數十分鐘之久的沉默之後，美月終於開口了。

「幫幫我。」

她的喉嚨顫抖著。

「他們三個不是自殺的。燈花、龍也還有阿健，都是**被殺死**的。這樣下去，梢繪也會被殺掉。」

2

其實從小學以後，我就再也沒有踏進美月家了。

她說要準備一下，又關進家裡約十分鐘後，領著杵在五〇一號前的我進入客廳。總算現身的美月衣著樸素，穿著黑色T恤配水藍色五分褲。一頭黑髮在後腦勺紮成一束，和學校看到的髮型不一樣。

時隔約一星期見到的她，一副死氣沉沉的樣子。雖然沒有顯而易見的變化，像是臉頰凹陷、冒出黑眼圈，但她整個人確實有了某種缺損和消退。渾圓大眼似乎變小了一些，原本白皙有光澤的肌膚好像掉了兩個色階。美月不是那種會化濃妝上學的女生，所以顯然不是素顏的問題。我覺得仔細打量狀況不佳的她似乎也很失禮，環顧了客廳一圈，尋找目光的著落點。室內很陰暗，在沒有開燈的空間裡，從窗簾縫間射入的細微陽光，是唯一的光源。

原以為久違的白瀨家會更加勾起我懷念的記憶，卻沒有預期中的感動。只有微微撩撥鼻腔、若有似無的柔軟劑般的香味，稍微觸動了一下記憶的塞子。也是有那麼一點懷念的感覺。

美月端了加冰塊的麥茶給我。她在我的正對面坐下來，又是一段沉默。無可奈何，我主動開啟對話。

「妳剛才說的……」

美月點了一下頭開口，卻又立刻語塞，低下頭去。她雙手抹了一下臉，做了個深呼吸，眼眶泛淚，小心地字斟句酌。

「我知道……其實我應該去學校，好好負起責任面對這件事。因為……都是我的錯，可是我實在太害怕了，不敢跟任何人說。」

美月先是這麼自責，接著娓娓道來。

事情發生在前些日子所舉行的A、B班聯合娛樂企劃活動上。我們二年A班和隔壁B班會定期共同舉辦娛樂企劃，兩星期前的六月十四日，是在操場進行扮裝派對。說是派對，也只是學生主辦的小活動，因此單純就只是換上自己喜歡的扮裝（我覺得說是cosplay還比較符合實際情形），吃吃喝喝一起玩鬧的活動而已。

許多學生享受著扮演的樂趣，美月和朋友相約打扮成某個偶像團體。派對開始幾小時，已經拍了數不清的照片的她，拿著礦泉水獨自坐在操場角落的長椅上。當時是傍晚六點多，太陽開始緩慢西斜的時刻。

「突然有人從後面拍我的肩膀。」美月回顧當時說道：「然後在我的耳邊細語：『欸，白瀨。』我以為周圍沒有人，所以嚇了一大跳。」

猝不及防的美月連忙回頭，結果更是嚇破膽了，因為她發現站在她身後的……

「是死神。」

用不著說，正確地說，是打扮成死神的學生。可是美月說，看在當時的她眼裡，那完全就是如假包換的死神。對方穿著一看就知道布料很昂貴的光澤黑長袍，臉上戴著精巧的骷髏面具，手上也拿著鐮刀。刀刃銳利得令人膽寒，感覺瞥上一眼，眼珠就會被割破。美月好不容易想起現在正在舉辦扮裝派對，總算擠出僵硬的笑。

「嚇我一跳……不要嚇人啦。這衣服做得好棒。」

這時候，美月並不知道死神是誰扮的。臉被面具遮住了，聲音是女生，但聽不出是誰的聲音。她回想：那個女生扮成護士，所以不是；那個女生扮魔女，所以也不是；那個女生……不管怎麼猜都猜不出來。可是她覺得「妳是誰？」這個冷淡的問句，會讓特地來向她攀談的對方掃興，便不敢問出口。

「白瀨。」

相對於那兇悍無比的外貌，聲音卻是女的，這中間的落差實在過於滑稽、詭異，也因此讓美月莫名地懼怕。

「妳有沒有想殺的人？」

這若無其事拋出來的殘酷話語，讓美月一時說不出話來。

「……什麼跟什麼？妳是死神，所以可以殺人嗎？」

「沒錯。我是死神，可以殺人，我可以輕易殺死任何人。」

「……欸，很不吉利耶。」

美月收斂笑意提醒，而這也是當然的反應。這場扮裝派對一星期前，A班的村嶋龍也自殺，然後兩個星期前，B班的小早川燈花自殺了。才剛死了兩個同學，卻舉辦扮裝派對，不會太不莊重嗎？……雖然有部分批判聲浪，但最後認為過世的兩位同學應該也不希望活動中止，因此還是強勢舉辦了。因為過世的兩人是率先構思扮裝派對企劃的班上中心人物。

因此不勞刻意冷靜思考，也知道不僅是發言，扮裝成死神本身，在這個場合是極為不恰當的。美月表面上努力不讓氣氛過度尷尬，但內心湧出一股難以言喻的不舒服。

「其實……」

死神看著司令台的方向說道。視線前方，是還在嬉鬧著彼此拍照的學生，但死神似乎不是在看他們。死神看著的，是掛在台上的兩人的遺照。

「村嶋龍也和小早川燈花，他們兩個不是自殺的。」

「……咦？」

「是我殺了他們的。」

「……就算是玩笑，這也太不應該了。」

「我不是在說笑。」死神再次轉向美月，骷髏面具上那兩個黑色的窟窿注視著美月，彷彿要把她吸進去。「我有一點特殊能力，我利用那種能力殺了他們，再偽裝成自殺。」

「不要說了。」美月皺起眉頭，露骨地表達不悅。「這真的不好笑。」

「妳才是，別再這樣了。我沒有在跟妳開玩笑，只是陳述事實。嚴肅一點聽進去，才是為了妳好。」

美月遍體生寒，哆嗦起來。死神再次轉向吵鬧的學生那裡，說道。

「下一個要殺的人也已經決定好了。先是高井健友。」

美月忍不住尋找高井的身影。高井打扮成超級瑪利歐，就像平常那樣開心地拍著手，和朋友們哈哈大笑。

「再下一個人選令人猶豫……」死神搭在美月肩上的手微微使勁。「有兩個候選人。其中一個必須要死，不過，大概不需要兩個都死。」

「……不要再說了。」

「第一個候選人是山霧梢繪，第二個候選人……是妳，白瀨美月。」

山霧梢繪就在高井旁邊。美月咬住下唇。

「妳覺得挑誰比較好？這個問題有點壞呢。如果妳沒有意見，我就選擇山霧梢繪，可以吧？」

「……妳是誰？」

「選山霧梢繪就行了，對吧？」

「……回答我，妳是誰？」

「妳不敢說『不要殺山霧梢繪，殺我』，這就是妳的答案吧？」

「……妳夠了沒！」

「我明白了。謝謝。」

死神笑了。當然，骷髏面具不會笑，只是面具深處透出聽起來有些愉快的吁氣聲，但她一定是在笑。死神離開了。美月一再對著走向無人教室大樓後方的背影問：「妳是誰？」但死神沒有回應，也沒有回頭。

晚上七點，扮裝派對風平浪靜地結束了。與死神的對話，當下那一刻在美月內心留下了巨大的不安，但回家泡完澡鑽進被窩時，已經成了瑣碎的回憶之一了，就像卡在胸口隙縫間小不溜丟、像碎石子般的異物感。隔了一個週末，星期一去上學時，和高井健友及山霧梢繪道早安時，雖然稍微想到了一下，但也幾乎沒有恐怖的感覺，或是不祥的預感。

可是這一天，如同死神的預告，高井健友從空教室窗戶一躍而下，自殺身亡，狀況徹底翻轉了。

原來死神說的都是真的。

美月不得不這麼相信。就像死神說的，高井健友死了，那麼下一個要死的……

『第一個候選人是山霧梢繪，第二個候選人……是妳。』

隔天開始，美月就不敢去上學了。

然後就這樣直到今天。

「那個死神真的用了某種特殊能力，用自殺的方式殺死了阿健……一定就是這樣。」

被帶進客廳以後，已經過了半小時以上。只有兩人的室內，壁鐘秒針的聲音聽起來不必要地刺耳。比起滴答聲，更接近咚咚聲。聲音有些慵懶地刻劃著時間，就像在計數沉默。麥茶很早就喝光了。

「沒有阻止這件事……我差不多是同罪。一想到自己可能被殺，我就怕得不敢去學校……可是我絕對不希望梢繪死掉。我知道應該告訴大家這一切，可是要是知道阿健那時候我見死不救，大家一定會怪我……我厭惡害怕這種小事的自己，一直關在房間裡，只是任由一天天這樣過去……對不起，我說得雜亂無章……」

確實漫無章法，但美月想要表達的內容，我大致上都掌握了。我告訴美月這樣就夠了，心裡卻想著無關緊要的事──她說的「我知道應該告訴大家這一切」、「大家一定會怪我」的「大家」裡面，並不包括我。

「我不知道該怎麼辦才好……可是垣內，拜託你，請你保護梢繪。」

聽到最後，充塞我整個心胸的並非驚訝或恐懼，更不是賭一口氣也非要保護山霧梢繪不可的青澀美麗使命感，而是無從言說的虛無。

為了避免表現在臉上，我在眉心使勁，近乎假惺惺地皺起眉頭。

用不著抱胸重新思量，A班和B班裡面，一個月之間連續有三個人自殺，這個狀況異常到家。雖然並未登上新聞節目成為話題，但前些日子，班上的園川告訴我它已經成為一小則網路新聞了。許多人想要針對此事說嘴議論，也是可以理解的事。

但聽到死神用特殊能力殺害這些學生這種話，實在教人啞口無言。美月不是那種思考無法理解的電波女，也不是會以誇張的言論譁眾取寵的人。她是真的打從心底大受驚嚇，陷入錯亂而已吧。

死去的小早川燈花、村嶋龍也、高井健友——比起我，他們每一個都和美月更要親近許多，所以我也無法嚴厲地對美月說什麼。要是她反駁「你又懂什麼」，我無話可說，但搬出這種都市傳說般的陰謀論，從任何意義上來說，應該都不是值得稱讚的行為。當時，也有學生不幸目擊跳樓的瞬間。他們三人都留下了遺書，而且一發現自殺，警方立刻到場，花了好幾天深入調查，最後做出沒有犯罪嫌疑的結論。

他們三人毫無疑問是自殺的。

但是對於失去三個朋友、陷入混亂的人，這確鑿的事實實在過於殘酷。請假超過一星期的美月，顯然失去了冷靜的思考能力。我留下盡可能無傷大雅的安慰言詞，離開了五〇一號。

我會跟著山霧，注意她的安全，盡量不讓她遇到危險。妳說妳遇到的那個死神，雖然很耐人尋味，不過應該跟這次的事無關。妳沒有錯，妳不需要感到自責。養好身體，覺得可以了就來上學吧。大家都在等妳。**大家**。

美月低著頭，什麼也沒說。

3

我家非常狹小，小到讓人懷疑真的和白瀨家是一樣的格局嗎？總之東西太多了。原本就不寬敞的三房兩廳加廚房的格局，卻塞了六個人，根本就是個錯誤。

我幾乎是自言自語地囁嚅著「我回來了」，隨即把玄關滿出來的鞋子硬挪到旁邊，騰出空間擠進自己的學生鞋。為了避開已經化為障礙物的縱長形收納架，我彎下上半身穿過走廊，把自己的書包放在客廳堆積成山的衣物旁。轉身的時候因為不小心踢到正在滑手機的弟弟的背，向他道歉，然後搶在母親跟妹妹埋怨我擋到電視前迅速前往兒童房。打開衣櫃，從雜亂疊放的衣物中挑出便服換上。正在用電腦處理大學要用的資料的哥哥稍嫌礙眼地偷瞄我，我用動作表示我立刻就會出去。

我在美月家待了比預定更久的時間，眼看快趕不上打工時間了。離家的時候，弟弟向我遞來一只白色信封說：「這是寄給你的。」我看也沒看就收下，道謝後塞進包包裡。

乘上電車，隨便找了個位置坐下。確定應該不會遲到後，忽然想到什麼，我打開ＬＩＮＥ，點開Ａ、Ｂ班群組的相簿，馬上出現大量扮裝派對時的照片，一下子就找到要找的合照了。縮圖看上去就像一團複雜糾結的五顏六色毛線，點開擴大，仔細觀察Ａ、Ｂ班合計多達七十人的學生，每個人的扮裝。裡面也有人穿著似乎是借來的別校制服，或幾乎會惹來老師罵人的暴露服裝，也有人像我這樣，只穿了條圍裙就說自己是在扮咖啡店店員，或是不說就根本看不出是在扮什麼的，各式各樣扮裝齊聚一堂，個性又豐富。可是，我還是沒能找到扮成死神的學生。

我把耳機塞進耳朵裡聽音樂。我喜愛的齋藤和義的曲子開始播放，口中吐出的卻是嘆息。

美月說的，有多少是真的？

她遇到死神，這根本就是瞎扯嗎？或者真的有人扮成死神，但她把記憶中的對話內容扭曲了？不管怎麼樣，美月的心理狀態瀕臨失常，這一點無庸置疑。我漫不經心地看著窗外的景色，微微蹙眉。

就像校長在全校集會上說的，我們學校相繼有三名學生自殺。

第一個自殺的小早川燈花，是隔壁班B班的女生。我應該在聯合娛樂企劃看過她好幾次，但對我來說，她並沒有什麼記憶點，我們甚至沒有交談過。看到遺照，才心想「這麼說來，好像有這個女生」。

從照片上來看，她長得很漂亮，頭髮染成深棕色，髮梢微微燙捲。胸口的蝴蝶結不是學校指定款，而是比規定的更大一號的粉紅色蝴蝶結，應該是特地自己去買的吧。愛漂亮的女生，大多數都會這麼做。聽說她積極參與娛樂企劃，應該是個活潑外向的女生，但看起來不像會大聲說話、幹蠢事胡鬧的類型，應該是那種會配合現場氣氛，提供恰到好處笑容的大小姐類型吧。只看過幾張照片的我任意推測出來的形象大致如此。

這樣的小早川燈花在五月底左右，在新大樓四樓的女廁上吊自殺了。應該是在放學後尋短的。隔天早上，面目全非的她才被人發現，第一發現者是美月說可能會被死神殺掉的山霧梢繪。據說小早川的腳下倒著一只腳凳，還有親筆遺書。遺書內容如下：

『我在教室裡太大聲了。我需要接受調律[1]。再見。』

我不知道這個傳聞有多少真實性，但許多學生都相信她的遺書就是這樣的內容。

第二個自殺的人是村嶋龍也。他跟我一樣是A班，是個極為搶眼的學生，一方面是因為他的身高將近一百九，加上純粹長得很帥。他的聲音比其他學生低沉一個音階，應該也是突顯他的存在感的加分項目。他一開口，就自然營造出每

1 編註：日本用語，意思是「調音」或「調整音調」。它通常用於音樂領域，指的是調整樂器或聲音的音調，使其達到正確的音高或音質。

個人都被他吸引聆聽的氛圍。相較於沒人望的老師，他的發言權相對來說更強大許多。

村嶋龍也原本在籃球隊似乎很活躍，但後來不知道是髖關節還是膝蓋或腳踝——總之應該是下半身——受傷，升上二年級時，在一片惋惜聲中退社了，後來沒有再加入任何社團。他在其他班級也有許多朋友，每節下課都有許多學生來找他（雖然應該也不是只找他一個人），應該也相當受到女生青睞。他跟B班的女生交往，至少在我的認知裡，兩人的關係，正是A、B班聯合娛樂企劃誕生的契機。

村嶋龍也在小早川燈花上吊的隔週，從視聽教室窗戶跳樓自殺了。視聽教室在四樓，他整個人摔在柏油路上，據說當場死亡。有傳聞說，籃球隊的C班學生目擊到他墜樓的瞬間，但我不清楚詳情。我聽到幾個可疑的傳聞，認定絕對是胡說八道，對幾個煞有介事的消息也投以懷疑的眼神。結果除了好像有親筆遺書，以及遺書內容之外，我不知道更多的資訊了。

遺書內容和小早川燈花的一模一樣。

『我在教室裡太大聲了。我需要接受調律。再見。』

連續兩星期有學生自殺，校園陷入動盪。受到小早川燈花死亡的影響，追隨她自殺，這種可能性是最容易理解的，但與他們要好的學生都一致認為，兩人的關係實在沒那麼密切。兩人表面關係普普通通，也難以想像他們瞞著眾人，巧妙地在私底下交往。

明明看起來那麼正常，怎麼會？為什麼？

然而朋友們的疑問尚未得到釐清，就有第三個人自殺了。

村嶋龍也死後大約兩個星期，距今十天前，高井健友從空教室窗戶跳樓身亡了。如果說村嶋龍也是沉穩的領袖型人物，那麼高井健友就是嘰嘰呱呱動個不停的開心果。他總是第一個模仿流行藝人，不停地搞笑。不管對任何人，他都能大方攀談，是個社交能力超群的學生。用髮圈綁得像髮髻的瀏海似乎是他的正字標記，曾惹來多名老師警告，但他總是用一句「又沒違反校規」擋回去，堅決不改變。

但如此活潑的高井健友，似乎也深受兩名學生死亡的影響。扮裝派對時，他活力十足地到處耍寶，但每個人都看得出他在勉強自己。平時陽光開朗的人一旦陷入沮喪，之間的反差便會特別顯著。

高井健友在星期一放學後，從空教室的陽台跳下了中庭。當時還不到下午五點，因此對面的音樂教室裡，管樂社正在練習。不幸的是，有多名學生目擊墜樓的瞬間，其中好像更有數名學生因為心理受創，沒辦法來上學了。當時在現場的職員看到他跳樓的陽台上整齊地擺放著室內鞋，一樣也有一封遺書。

遺書內容相同。

『我在教室裡太大聲了。我需要接受調律。再見。』

美月想要相信有死神的心情，我也不是不能理解。即使如此，比起嚴肅思考真的有特殊能力，懷疑這是一種「維特效應」——自殺模仿，顯然更有建設性吧。一個人自殺，引發另一個人自殺，又導致另一個人自殺。憂鬱會輕易傳播開來。

我不想賣弄什麼豁達的言論，擺出超然物外的樣子，但我們正值青春期，更容易受到同儕影響吧。我們的每一天，就像是緊緊地抓住木筏，在驚濤駭浪的大海中遇難一般。就連過度展現絕望，都是一種希望。遺書內容都一樣的傳聞，我早在內心認定應該純屬流言。再怎麼說，都不可能相似到這種地步，而且又沒有人公開朗讀，有那麼多人知道遺書內容，讓我覺得很不自然。這一切一定都是愛八卦的學生們點滴累積出來的虛構內容。

他們三個真的都是自殺的。

理由無從得知，他們有他們自己無法跨越的坎吧。就如同他們無法理解我的苦惱，我也無法理解他們的苦惱。

三名自殺的學生。久違地說上話的美月。她提到的死神的陰謀。這些林林總總模糊的事情，一眨眼便在打工忙亂的氣氛中消散無蹤了。

我打工的地點是購物中心美食區的蕎麥麵店，工作內容就是專心一意不停地煮蕎麥麵。接到幾碗麵的單，就把多少麵糰丟進大鍋裡，用長長的調理筷攪散，讓麵體在鍋中浮動。煮的時間只有短短的一分半，但晚餐時段，點單數量還是多得嚇死人，感覺就好像在玩最難的節奏遊戲，煮到天昏地暗，什麼都搞不清楚了。生意好的理由不是我們家的蕎麥麵特別好吃，而是因為除了這家店以外，也沒什麼其他像樣的餐廳了。前一天在工廠打好，慢悠悠地送到店裡的麵，再由打工的高中生隨便煮一煮端出來，這樣的料理不可能贏得什麼好口碑。

工作了兩個半小時，進入短暫的休息時間。解開噴滿了麵湯和調味料的圍裙，前往後場和其他店鋪共用的休息室。ＮＨＫ頻道不吸引我，因此我遠離電視，也盡量遠離大嗓門的熟食店雙人組。我坐下之後，正想拿出從樂器行要來的馬丁吉他目錄，結果伸進包包裡的指頭碰到陌生的觸感。裡面有一只細長但有厚度的白色信封。

是出門前弟弟交給我的信封。正面確實寫著「垣內友弘先生收」，但背面沒有寄件人的姓名。總覺得有點毛毛的，我把信封翻來覆去，發現除了拆開以外沒有別的選擇，便拆了信。裡面是摺得整整齊齊的七張信紙。

捺撇飛揚的藍色墨字應該是以鋼筆寫成的，但才剛開始讀信，我就啞然失聲了。

敬啟者

值此初夏之際，欣聞垣內先生文武雙全，才藝出眾，無任欣賀。

您收到這封信，卻完全不知道是誰寫給您的，肯定極為困惑。這是理所當然的反應，但望您能逐一理解。

我因為諸般理由，無法表明姓名，但我是您目前就讀的私立北楓高中的畢業生。高中時代的種種回憶，從開心到悲傷，不勝枚舉，實在不可能在此逐一列

出。對於您正值這樣的高中時期，我一方面羨慕，另一方面也感到同情，同時又想鼓勵，因此提筆寫了這封信。漫長的開場白或許令您感到不耐，但希望您能把這慢條斯理迂迴曲折的開場解讀為一種鋪陳，是為了傳達接下來我所要告訴您的事實有多麼重大、多麼超現實。

言歸正傳。就讀北楓高中時的我，擁有頗為特殊的能力。不是聽力或視力優於常人，或舌頭可以舔到鼻子這種常識範疇內的特殊，而是更超自然的特別力量。擁有這種能力的學生，我們依傳統稱為「繼承人」。慣例上，能力會在畢業的同時，傳承給在校生，因此取繼承能力之意，讓「繼承人」這個稱呼固定下來。這是正式名稱，或只是俗稱，我並不清楚。總而言之，北楓高中隨時都有四名「繼承人」，各別具備不同的能力。

走筆至此，或許您已經察覺了，這次您被選任為本能力的第三十三代「繼承人」，故致函告知。如同前述，基本上能力是在畢業的同時進行交接，但這次我指名的第三十二代「繼承人」不幸離世，因此已畢業的我被迫再次指名新的「繼承人」。

恕我冒昧，其實我只是翻開在校生名冊，隨意再度指名，因此我並不清楚您是個怎樣的人。我祈禱您具備健全的心智，能夠將能力運用在謀求校園和平及學生幸福上。

您在畢業的時候，一樣有必要選出本能力的第三十四代「繼承人」，因此我強烈建議您在平時便嚴格物色足堪承擔「繼承人」重任的人物。挑選時的程序、書信格式、調閱名單的方法等等，於他文另述之，敬請參考。

為何北楓高中會流傳著四種能力，此事詳載於本校創辦人岸谷亮兼先生的自傳，若您有興趣，可參考圖書室裡收藏的唯一一冊。以下將說明本能力，並列出基本規則。有些內容與前述文章重複，但我建議詳加熟讀。

■關於您的能力

1. 你被賦予的能力是「識破謊言的能力」。
2. 發動條件為對身體施加瞬間的強烈疼痛。
3. 感到痛楚之後聽到的別人的話，您可以聽出是真實或謊言。
4. 假設發言為假，您會覺得聽到的話在顫動。這「顫動」非常難以用文字具體描述，但我想只要實際聽到，您立刻就能領會。是一種聲音膨脹、扭曲般的感覺。

5. 但是對於同一個人，能力只能使用三次。建議在使用能力時詳加計畫，謹慎為之。

■關於「繼承人」

1. 包括您在內，校內隨時都有四名「繼承人」。四人都是學生。
2. 他們各別擁有不同的能力，發動條件也不同。
3. 若是被他人得知，或是說中能力的內容及發動條件，能力會立刻失效。
因此您不能向別人透露您的能力詳情，也不建議向他人展現您的能力。
4. 所有的能力，只能在私立北楓高中的校地內發動。
5. 畢業時，您必須從包括新生在內的在校生當中選出下一名「繼承人」。
6. 若未選出就畢業，將會從一年級新生當中亂數選出新的「繼承人」。
7. 若「繼承人」死亡，上代「繼承人」必須再次從在校生當中選出「繼承人」。
8. 被說中能力等導致能力失效的情況，下一名「繼承人」會從三年後的一年級新生當中亂數選出……

我靜靜地摺起信紙。

連我都佩服自己居然讀了這麼多。如果對方以為我那麼幼稚，會為了這種內容興奮不已，實在令人極度不爽。更重要的是，想像有人振筆疾書寫下這種東西的場面，有種整個肺部都被空虛填滿的感覺。

這種東西，一定是美月寫的。

雖然覺得筆跡有點過於龍飛鳳舞，但實際上美月的字長什麼樣，我也不知道。八成是為了讓我相信她剛才的死神的說法，特地偷偷塞進我家信箱的吧。除此之外別無可能。在她的預期中，我讀完信之後會激動得雙手發抖，確信「原來美月說的都是真的。校園裡有四名超能力者，其中一個就是死神。」

到底是什麼讓她如此執著於死神陰謀論？想到美月竟如此迷失了現實，我幾乎眼眶泛淚，連忙搖了搖頭。

正當我要把信丟回包包的時候，我發現郵票上蓋了郵戳，日期是昨天。這就有點妙了。理所當然，如此一來，這表示美月是在昨天的時候寫好這封信丟進郵筒的。也就是說，不管我今天會不會去找她，她都打算把我叫去她家，告訴我那番死神陰謀論嗎？不，是打算等我收到信以後，再重新向我說明嗎？我正開始尋思各個細節的整合性，這時頭頂傳來聲音。

「情書嗎？」

是每次在休息室遇到都會向我搭話的珍奶店的典子。

我說不是，把信收進包包裡。「一封怪信。」

「不幸連鎖信？」

「或許類似吧。」

「咦？什麼什麼？很可怕耶。」典子說著，哈哈笑著拍手。

剛開始進來打工不久，我就認識了比一般說的健康體型更豐腴一號半左右的典子。一樣是在這裡休息的時候她找我聊天，態度親暱到我懷疑她是不是認錯人了。她從來沒有自我介紹過「我叫典子」，我只是從她身上的圍裙名牌看到用色彩繽紛的渾圓字體寫的「典子」二字，知道她叫什麼而已，所以從來沒有用名字叫過她。那應該不會是假名或花名，但考慮到萬一搞錯的可能性，我提不起勇氣叫她的名字。而我應該是在某次報出自己的名字了，不知不覺間，她給我取了暱稱。

「對了，阿垣你是讀北楓的吧？那裡現在是不是很恐怖啊？」

「……妳是說自殺的事嗎？」

「對對對，聽說已經死了四個還是五個，新聞被推爆，所以我看到了。」

「是三個。連妳都知道了啊。」

「看到校名，我就想『是阿垣的學校！』嚇死我了。不只自殺，還有不幸連鎖信？太可怕了吧。」

空間不大的休息室冒出「自殺」這種驚悚的詞，自然引來了周圍的注目禮。

我放低音調。

「信沒有什麼啦，自殺應該只是剛好連續而已。」

「是喔？可是好可怕呢……啊，終於可以買吉他了？」

應該是看到我的包包露出來的馬丁吉他目錄了。典子喜歡話題隨興亂跳，又露出燦爛的笑容。

「還差一點，我想要買二十萬以上的。」

「二、二十萬？我們大學加入樂團社的朋友說他買了一萬多的，原來電吉他以外的吉他這麼貴嗎？」

「也是有便宜的原聲吉他，可是既然要買，我想買好一點的。」

「天哪，你真是太自律了。你這高中生也太厲害了吧。」

接著她毫無脈絡地提供了各種話題，像是大學無聊的課她決定自行全部蹺掉、最近訂了網飛，整天都在追美劇、最近迷上馬格利酒，在一個人的住處喝到斷片。

這些內容沒有明確的結尾，沒有重要的意義，也沒有刻骨銘心的教訓，但每次都讓我感到救贖。因為她所說的內容，主導權總是明確地掌握在她手中，這種地方讓我感到奇妙的溫度與樂趣。

店長說：「謝謝你今天願意臨時出勤，明天已經找到替代人手了，你可以繼續休假沒關係。」所以我結束工作下班了。我在更衣室換衣服，滑著推特，看到石水正在附近的圓環自彈自唱的消息。我把脫下來的上衣匆匆投籃，扔進要送去洗衣店的籃子。

時間已經很晚了，我擔心可能已經結束了，但總算趕上了最後一首。周邊圍出了一道人牆，必須踮腳伸頭才能看到本人。這個圓環的行人並不多，但不愧是石水，和隨處可見的水準只比校慶表演好上一些的音樂家相比，實力是天壤之別。他的嗓音本身就宛如古董樂器，聽起來隨興、甜美、自然。像酒嗓一樣略帶沙啞，但除了刻意為之的時候以外，絕對不會變成假音，也不會走調，精準控制，是聽過一次就永遠忘不了的音色。他同時也絕不疏忽了手上的彈奏，吉他熱烈地撥動著，一點都不像是自唱自彈，各處加入了許多爽快的刷弦動作。

果然與眾不同。

人潮開始散去時，我上前致意。石水停下把獨立製作的ＣＤ收進盒子的手，稍微抬起麥稈帽，向我回禮。

「又是打工下班？」

「對。」

「小心別搞壞身體啊。」

和唱歌的嗓音截然不同，石水說話時的聲音出奇地清澄，而且溫柔。我覺得這之間的落差，就是他超群不凡的證據，我更加感動了。我急著請他幫我挑選該買哪把吉他，準備取出目錄，石水察覺到後，制止了我。

「OK，可是先去吃飯吧。我請客。」

雖然並非第一次，但也不是常有的事，因此我發自真心高興極了。只要不是煮到不想再煮的蕎麥麵，不管是吉野家還是麥當勞，我都欣然接受，因此當石水問我「去日高屋吃中華料理可以嗎？」我沒有理由搖頭。他叫我不用客氣，因此我點了拉麵配炒飯。石水應該才二十出頭，但是晚上和家人以外的大人一起吃飯，有種難以言喻的驕傲與幸福。

吃完拉麵的石水咬著牙籤，翻閱了目錄片刻。

「你已經確定要買馬丁了？」

「對，雖然也沒有什麼理由。」我點點頭，沒有說是因為石水就是用馬丁吉他。

「那我覺得經典的 D-28 就行了……再來就是看到實品的感覺，和實際摸到的感覺吧。最好去樂器行多看幾次，可以漸漸了解看起來半斤八兩的樂器不同的個性。」

「比起網購，還是去樂器行買比較好嗎？」

「唔，在實體店面買的話，維修那些會比較方便，實體買比較好吧。對了……」

石水空著的右手觸摸了耳垂一會兒，然後用彈額頭的動作彈了一下。這是他常做的動作之一，看起來就好像隨時都在打節拍，我很喜歡，但也承認有「他是音樂家」的先入為主觀念作祟。

「你真的對電吉他那些沒興趣？」

「電吉他？唔，是啊。為什麼這麼問？」

「哦，只是覺得年輕人應該會對電吉他比較感興趣。從技術面來說，電吉他的弦比較好按，有些人說比較好入門。」

「這樣啊……可是電吉他怎麼說，不就變成樂團吉他手了嗎？」

石水用右手抽出牙籤，睜大眼睛說道：

「是啊。」

走在揹著吉他盒的石水旁邊，我看起來是不是就像他的音樂夥伴？穿過夏夜高濕的空氣走著，我想著這種事，連自己都發現變得比平常更抬頭挺胸一些。

「要練習多久，才能彈得像你這樣隨心所欲？」

「隨心所欲？這話太令人意外了，我聽起來這麼跳脫樂譜嗎？」

「啊，不是，對不起，我這話沒有貶意。只是怎麼說，你的演奏和歌聲都太巧妙了，就像不受任何事物束縛，感覺很自由……」

「我是開玩笑的。」石水笑道：「我知道你的意思啦，只是想逗你一下而已。」

發現自己並未讓石水不開心，我因為過度放心，一時想不到任何機靈的回應，只是露出虛軟的笑。

「唔，可是你一定很快就會彈得很棒了，畢竟你為了買不便宜的吉他，願意工作到很晚存錢。這種金錢上的奮鬥，還有想要卻遲遲得不到的時間上的焦急，會在你實際得到的時候發揮正面作用。只要練習，練習得有多勤，就能有多少進步。如果以我的水準為目標，真的是指日可待。」

「怎麼可能？」話一出口，我又擔心自己的話是否會被解讀為頂撞，有點驚慌失措。正當我亂了陣腳，結巴語塞，石水柔和地笑了出來，就像要拂去我的不安。

「把靈魂賣給魔鬼，也是一個方法。」

「……魔鬼？」

「你不知道十字路口傳說？」

我搖搖頭，石水指著我們剛好停下來等紅燈的大馬路口說道。

「以前有個叫羅伯・強生的吉他手，他在克拉克斯代爾的十字路口把靈魂賣給了魔鬼，換取超群絕倫的吉他技巧。他彈奏的吉他過於革命性，為許多人帶來巨大的震撼。可是他因為與魔鬼交易，年僅二十七歲就過世了。這就是十字路口傳說。」

「這是真的嗎？」

「哈哈，傳說啦。」

「這……也是呢。」

我怎麼會問這種蠢問題？我感到自慚不已。

幾輛車子開過眼前的十字路口，無數的紅色車尾燈在暗夜裡留下細長的殘影淡去，又抹上新的殘影。我試著想像在十字路口中央傳授超群吉他技巧的魔鬼身影。但是在尋思魔鬼長什麼樣子的時候，短短幾小時前聽到的陳腐形象開始在腦中自我主張起來。

黑袍、骷髏面具、手中拿著銀色大鎌刀。

「……死神。」

不小心說出口，我再次後悔莫及，總覺得一眨眼就讓我和石水交流的一切都被幼稚的陰謀論給吞沒了。

「死神？唔，或許差不多吧。」

我拚命努力驅逐站在十字路口中央的死神意象，然而他——不，從美月的話來看，是「她」嗎？——的意象意外地強大，怎麼樣都不肯從我的記憶中離開。

把靈魂賣給魔鬼，年僅二十七歲就離世的羅伯．強生。那麼自殺的三個同學，也算是把靈魂賣給了死神嗎？荒謬，簡直太荒謬了。

號誌轉綠的時候，死神的幻影終於消失了。

4

事發突然。

因為實在太突然了，我好半晌都無法正確理解狀況。

當時我正拎著自己的東西觀察身邊的人，猶豫是不是可以就這樣直接走出班導離開後的教室回家。這個行動對我——對我們來說非常重要，而且牽涉到極為纖細的問題。

前面已經提到過，我們A班和隔壁B班從升上二年級的時候，便開始舉辦所謂的「聯合娛樂企劃」。A班部分學生擔任發起人，提出「每個同學都是好麻吉，最棒的班級、最棒的年級」這樣的標語，然後把B班同學也拉進來，展開企劃活動。

一開始是包下KTV的派對包廂，舉辦歌唱大賽。緊接著說要留下可紀念的物品，製作了兼自我介紹的文集。然後有人說動態活動也不錯，提議類似水槍射擊生存遊戲的比賽。因為這時候向校方申請使用操場，使得這個學生企劃廣為教師們所知悉。來上課的老師們一個接著一個提到娛樂企劃的話題，許多老師稱讚我們想出很有創意的活動。

娛樂企劃活動本身不用說，基本上從上一個階段的企劃會議開始，A、B班全部的學生都義務參加（因為這個活動標榜所有的同學一起決定才有意義）。

規則上，企劃會議、正式活動都一定在星期五放學後舉行，要參加社團活動的學生，也都會和顧問老師討論，調整為優先參加會議。只有一次，管樂隊的學生因為要參加比賽，從上午就請公假，因此缺席會議，除此之外，從來沒有人缺席過。這所學校的社團活動並不算嚴格，因此與社團活動之間的調整或許也比較容易。因為我沒參加社團，當然不清楚詳情。

好了，扮裝派對之後，下一個企劃要做什麼？

這個星期五放學後，應該要開會決定這件事。通常都是娛樂委員宣布「請大家前往多功能教室」，眾人魚貫移動，但今天不只是我，除了我以外的許多學生，內心應該都隱隱預感到可能不會這樣做。理由很簡單，創辦這項聯合娛樂企劃的發起人學生們，都相繼自殺了。

村嶋龍也因為沒辦法繼續打籃球了，尋找可以投入的新活動。他的女友小早川燈花在他的邀約下，一同團結B班同學。而高井健友總是率先提出點子，炒熱氣氛。要是沒有他們三個人，娛樂企劃就不會實現。上星期因為高井才剛過世不久，因此明確地宣布「今天會議取消」，但關於今天的會議，目前還沒有任何消息。

應該不會辦了吧？可能是如此認定，幾名學生慢吞吞地收拾書包，一個接著一個低調地站起來要走。兩、三個已經準備好回家的學生經過我前面離開教室，我正想著自己是不是也應該收拾東西時，傳出一道閃電般的怒吼。

「喂，你們！」

山霧梢繪那雙以眼妝強調的大眼睛，正瞪著溜出走廊的學生們。

「怎麼可以擅自回去？」

每個人都表情凍結，全身僵硬。根本不期待回答的山霧梢繪大大地嘆了一口氣，又說道：

「不敢相信，不是說好要大家一起辦活動的嗎？」應該是悲從中來，她有些泫然欲泣，停頓了一拍，說道：「啊！真不敢相信。他們不在了，我們更應該團結起來啊！連這點道理都不懂嗎？」

此話一出，林未來和仁科萌香立刻表示贊同，正要收東西的學生們安靜地把鉛筆盒、筆記本那些又放回桌上。山霧梢繪像尊不動明王般杵在那裡好半晌，直到出去走廊的同學們又全部回到教室裡來。

我微微點頭，表示同意她們的意見，但忽然在意起積在桌上的橡皮擦屑。

我想要把它們掃起來丟到教室前面的垃圾桶，真的只是這個念頭閃過腦海而已。

我小心地把橡皮擦屑包在手心站起來……

起初我完全不明白發生了什麼事。橡皮擦屑散了一地，我反射性地按住痛到不行的腳尖。一蹲下來，立刻發現地板上掉著一本磚頭般沉甸甸的《廣辭苑》辭典，發現是它從黑板旁邊的書架上掉下來，然後砸到我的腳，便轉頭張望是誰害的，發現是從走廊折返的男同學的書包把它勾下來了。我痛到眼眶泛淚，但男同學完全沒發現，到這裡都很正常。異狀是發生在山霧梢繪對著整間教室大聲說話的時候。

「**真的不能有任何人缺席**，大家要有所自覺啊！」

我震驚到連腳痛都忘記了。

聲音在**顫動**。

除此之外，我想不到其他形容的方法。

聲音確實**顫動**了。

起初我懷疑山霧梢繪是不是用了小型擴音器還是變聲器在說話，但完全沒看到那類裝置，而且照常理來想，這場合完全沒必要使用那類設備。山霧梢繪從剛才就一直氣呼呼的，實在不可能會在中間穿插搞笑的氣氛。那麼，剛才我聽到的是什麼？我想向別人尋求意見，但除了我以外，似乎沒有任何人覺得她的聲音有任何異樣，這也令人不解。

難不成，只有我聽起來是那樣？

想到這裡，我總算想起了昨天的信。居然認真研究起這萬分之一的可能性，我覺得自己蠢得可笑，但除此之外，又想不到其他可能。我懷著心被丟進果汁機裡翻攪般的複雜思緒，偷偷打開昨天就放進書包裡的信。

■關於您的能力

1. 你被賦予的能力是「識破謊言的能力」。

2. 發動條件為對身體施加瞬間的強烈疼痛。

3. 感到痛楚之後聽到的別人的話，您可以聽出是真實或謊言。

4. 假設發言為假，您會覺得聽到的話在顫動。

開玩笑的吧？

我無聲地喃喃道，把信塞進書包深處藏起來。我還是無法相信，這不可能輕易相信。

眾人在山霧梢繪的催促下，移動到多功能教室。和一般教室比起來，多功能教室大了許多，但塞進兩班學生，還是顯得相當擁擠。教室裡沒有桌椅，而是鋪了地墊。園川說：「我跟你一起坐。」我們一起在勉強能聽到娛樂委員聲音的最後排坐下來。

山霧梢繪在白板上大大地寫上「七月五日（五）烤肉會＋八月預定」，宣布五號的烤肉會依照原定計畫舉行，接著說會發下問卷，請大家提出暑假期間的活動建議。從前面傳過來的問卷上印了山霧梢繪的郵件信箱，註明如果有什麼好點子，可以寄信給她，知道她的ＬＩＮＥ的人傳ＬＩＮＥ訊息也可以，直接跟她說也沒問題。

「之前那個，在學校頂樓游泳池看八月二日的吉見川煙火大會的點子怎麼了？暑假的活動辦那個就好了吧？」

「校方說借用游泳池很危險，被駁回了。想別的提案吧。」

「真的假的？看煙火超棒的說～」

「既然這樣，在操場開派對怎麼樣？雖然不能喝酒，不過可以準備一堆飲料。」

「乾脆辦浴衣舞蹈比賽好了，我一定會卯足全力。」

「太奸詐了吧！那一定是萌香跟未來獨領風騷嘛。」

在多功能教室前方展開的雜亂對話，用不著說，對現在的我而言毫無意義。就像在影音網站中隨機插入的不感興趣的廣告，只是拂過心的淺層，然後就流過去了。

我發現筆盒的鑰匙環上有個安全別針，把它拆下來，暫時收進口袋裡。接著把收到的問卷翻到背面，瞪著白紙那一面，咬住筆尾。接著我絞盡腦汁，寫出三段文字，拿給小聲問「你從剛才就在幹嘛？」的園川。

「你一句句唸出來。唸完一句，停頓一下，再唸下一句。」

「唸這個？現在？」

我點點頭，把問卷遞給園川。我在園川開始唸之前迅速把手伸進口袋裡，不被發現地用安全別針刺大腿。針頭比想像中的還要粗，我痛到差點叫出來，但總算是把叫聲忍在喉嚨裡，張大耳朵細聽園川的聲音。

「**我叫垣內友弘**。」

千真萬確，聲音在顫動。

果然不是心理作用。驚人的現實從水平線另一邊探出頭來了，我的心臟開始怦怦亂跳。園川看著我，就像在問：「這樣就行了嗎？」我點點頭，以眼神示意他唸出下一句。我再次從口袋裡用安全別針刺大腿。

「我叫園川春吉。」

說出來的話如果是事實，聲音就不會顫動。就像信上說的一樣。

園川滑稽地笑了起來，說這到底是什麼測驗快點告訴我啦，我制止他，要他唸出最後一句。看到園川傻笑的樣子，我感到一股說不出來的不爽，儘管我明白是自己拜託人家幫忙，有這種感受實在很沒道理。但天大的事實正要揭露，才不是笑的時候！

我擔心如果痛得不夠徹底，能力或許就不會發動，便用安全別針刺了稍微偏離先前的部位。園川隨即讀出最後一句。

「樂器品牌馬丁的創始人是美國人。」

我慢慢吁氣熬過痛覺，道謝之後，輕輕點頭。

讀出最後一句時，園川的聲音沒有顫動——但這是一個錯誤的資訊。馬丁的創始人克里斯蒂安．弗雷德里克．馬丁是德國人，不是美國人。因此客觀地來看，園川撒了謊。

「我才不知道什麼樂器品牌哩，我只知道山葉而已。這是在幹嘛啊？」

園川不知道馬丁的創始人是德國人的事實。換句話說，這意味著他並沒有「我撒了謊」的自覺。因此雖然園川說出了錯誤的資訊，但他並沒有撒謊。聲音沒有顫動，以判定來說，是極為正確的。

我並不打算繼續用新的問題來實驗，因為一方面我認為檢驗已經足夠了，更重要的是，信上的規則我記得一清二楚，連自己都感到驚訝。

5. 但是對於同一個人，能力只能使用三次。建議在使用能力時詳加計畫，謹慎為之。

那封信不是美月做的小道具，內容句句屬實。那麼就像推骨牌一樣，有幾項事實也必然隨之揭露了。骨牌倒下的速度太快、太順暢，我的思考一時追趕不上。但還是必須逐一釐清。任何一個事實，都絕對不容錯認。

1. 包括您在內，校內隨時都有四名「繼承人」。四人都是學生。

2. 他們各別擁有不同的能力，發動條件也不同。

3. 若是被他人得知，或是說中能力的內容及發動條件，能力會立刻失效。

除了我以外，這所學校還有三名超能力者——「繼承人」。他們沒有對彼此透露自己的能力，屏聲斂息，潛伏在校園內。

和美月談到三人的自殺前，我自己就一直有個疑問。我一直覺得三人應該就是自殺，貫徹漠不關心的態度，所以才能一直忽略，但現在條件如此齊全，那個疑問頓時散發出過於強烈的違和感，讓我實在無法繼續坐視不見。

也就是：為什麼他們三人都要**在校園裡**尋死？

自殺的人心裡在想些什麼，沒有人能完全理解。但實際決定要死的時候，會刻意選擇學校作為尋死的地點嗎？既然都有勇氣上吊了，應該會選擇可以做好萬全準備的自家，如果不行，感覺也會選擇跳軌撞電車自殺。但是他們都沒有這麼做，因為……

4. 所有的能力，只能在私立北楓高中的校地內發動。

『他們三個不是自殺的。燈花、龍也還有阿健，都是**被殺死**的。』

美月的聲音在腦中重播時，我發現我就快吐出來了。我連忙用力摀住嘴巴，掃視聚集在多功能教室的A、B班共七十名學生的背影。

我聽見園川在問，但完全沒有餘裕回應他。嬌小的女學生、魁梧的男學生。哈哈大笑的精實的籃球隊員、專心看白板的管樂隊員。坐得直挺挺的學生、盤腿而坐的學生、制服邋裡邋遢的學生……愈看愈覺得每個人都可疑萬分，每個人都是危險人物。

「垣內，你怎麼了？」

「喂，你還好嗎？垣內。」

就坐在我前面的足球隊隊員八重樫，用響徹整間教室的聲音大聲問。平常都坐在更前排的他居然離我這麼近，我嚇了一跳，但眾人射向我的視線更讓我害怕。我完全出不了聲，八重樫調侃地又拉大嗓門說道：

「媽啊你是怎樣啦？一臉見鬼的樣子。」

整間教室哄堂大笑，我沒有出聲，在內心反駁。

才沒有什麼鬼。

這裡有的是**死神**。

第二章 ❋ 國家

5

「昨天對不起……妳說的我全都相信，所以請再跟我說一次吧。從頭開始，全部。」

我在玄關門外這麼說，美月又花了十幾分鐘準備之後，請我進入客廳。白瀨家的景象和昨天毫無二致，讓人懷疑這裡的時間是不是凍結了？就和美月的表情一樣，室內今天依舊陰暗。和我的房間不同，沒有多餘的雜音。

美月一樣又準備了兩杯麥茶，在和昨天一樣的位置坐下來，然後手在膝上握成拳狀。

「……我已經全部告訴你了，你想知道什麼？」

「說得更詳細一點，任何一點細節都好，像是死神的特徵那些。」

美月似乎察覺我聆聽的態度比昨天更真誠，但結果未能提供比昨天更多的資訊。她掌握到的事實追根究柢就只有四點：死神的聲音是女的、死神是參加派對的A班或B班學生、死神利用特殊能力以自殺的方式殺害了三人、死神的下一個目標是山霧梢繪。

「我看過合照了，裡面沒有學生扮成死神。」

「……可是我看到了，那個人真的就是打扮成死神的樣子。」

那麼，就是只有和美月說話的時候，穿上長袍戴上面具。長袍也就罷了，鎌刀感覺有點占空間，到底是藏在哪裡？不過只要有長袍和面具，就可以完全蓋住原本的穿著打扮。死神的扮裝或許不只是為了嚇唬美月，還具有某些功能方面的考量。

對於得到識破謊言能力的我來說，找出歹徒，或許不是太困難的工作。只要詢問A、B班每一個學生「是你殺了那三個人嗎？」就行了，早晚一定能揪出兇手——死神。

但我不認為這個方法現實，而且也不理想，因為對方好歹也是具備「殺人能力」的人。一旦被對方悟出我在懷疑三人的自殺其實是他殺，死神的下一個目標就會轉向我。

因此如果要阻止死神繼續行兇，該做的事大致上就只有兩件。首先是揪出死神是誰，再來是揭露死神能力的細節。

3. 若是被他人得知，或是說中能力的內容及發動條件，能力會立刻失效。因此您不能向別人透露您的能力詳情，也不建議向他人展現您的能力。

也就是反過來利用這個規則，一旦掌握對方的能力及發動條件，就能讓死神的能力失效。如此一來，就不必害怕遭到死神反將一軍，也不會再出現新的被害者了。

「你……怎麼突然願意相信我了？」

因為也不能坦白說出信件的事，我一時詞窮，結果美月立刻搖了搖頭，彷彿害怕我改變心意。

「謝謝你。」她微微行禮說：「只有在這種時候才依靠你，真的對不起。」

「不用道歉啦……妳願意告訴我，我反而要感謝妳。我也不覺得可以放任那個死神繼續囂張下去。」

這不是謊言，但我還是必須承認，我無論如何都想揪出死神的真面目，理由並不全是出於正義感。如果有人殺害了小早川燈花、村嶋龍也、高井健友這三人，並打算接著害死山霧梢繪，我必須會會那傢伙，然後非阻止他不可。

無論如何，絕對非這麼做不可。

「總之，拜託你保護梢繪。」

美月潸然淚下地懇求說。

「請你說服她不要再去上學了。我一開始也好幾次用LINE請她不要再去學校了，可是她完全不聽……只要不去學校，就不會遇到死神，應該就安全了……請你也幫忙說服她吧！」

連好姊妹拜託都沒用了，我真的能有什麼貢獻嗎？

「為什麼我非請假不可？」

不出所料。我因為不好意思在山霧梢繪跟朋友聊天時叫她，一直在等待她落單的時機，結果一轉眼就等到放學了。我無可奈何，叫住拎著書包正要走出教室的她。

「我可以跟妳說一下娛樂企劃的事嗎？」

我編了個正經理由把她從朋友身邊帶開，遞出隨便寫了兩、三個點子的問卷，同時切入正題。因為實在不能說什麼死神想要她的命，只好搬出「妳最近太拚了」這種毫無說服力的理由，勸她暫時在家休息。當然，我的話不可能打動對方，她露骨地表現出懷疑的樣子。我被迫轉換方針，說出更沒說服力的話。

「不好意思突然這樣說，可是，其實學校不太安全……」

「是怎樣？難道是美月跟你說了什麼嗎？美月也跟我說了一樣的話，為什麼非要我荒廢學業不可？」

我努力試著說些像樣的理由，但結果沒一個奏效。

山霧梢繪一副「跟我沒什麼好說」的態度，就要離開。我看見她的書包上別著一個色彩繽紛的鑰匙圈，上面以俏皮的字體印著「kozu-jin0427」。不勞說明，我可以輕易推測出那串字母代表山霧梢繪的名字和她男友的名字（她的男朋友是B班的森內仁）[2]，再加上交往紀念日。我忽然想到或許可以請森內仁說服她不要來上學，但不覺得這是個好主意。我不認識森內仁，而且也想避免更招搖地行動，引起死神的注意。

我無奈地放棄請山霧梢繪不來上學，認為應該把精力用在查出潛伏在A班或B班的死神的身分和能力。只要盡快查出死神是誰，就能從根本解決問題。為了這個目的，我必須知道三人遇害——儘管眾人認為是自殺——時的詳細情況。其中很有可能隱藏著查出死神的身分，或死神擁有的「繼承人」能力的證據。

我跟著山霧梢繪的背影再次往前走，好不容易叫住皺眉表示困擾的她。第一個發現小早川燈花遺體的不是別人，就是山霧梢繪，沒道理不向她打聽詳情。

若是唐突地表示我對發現小早川燈花遺體時的狀況感興趣，只會被當成沒常識也不懂客氣的愛八卦的爛人，或不尊重死者的獵奇嗜好者。山霧梢繪自己也因為心理受創，發現遺體後，有好幾天都請假沒來上學。我必須慎選措辭。

「其實剛才我是隨便找理由的，對不起。我會告訴妳實話，請妳不要跟別人說。」

可能是我這話讓她有些意外，她在樓梯前停下了腳步。我盡可能表達誠懇與急迫地說明狀況：我懷疑連續死亡的三人並非自殺，而是他殺。也就是說，校

2 譯註：梢繪的日文發音為KOZUE，仁的日文發音為JIN。

園裡有殺人犯潛伏，而我和白瀨擔心殺人犯的下一個目標可能是山霧同學，所以剛才才會說得那麼含糊不清。我明白詢問妳發現遺體時的狀況，對妳是很痛苦的事，真的很差勁。可是我無論如何都想知道小早川同學遺體的狀況，還有當時的情況，或許我可以在其中找到揪出兇手的線索。

山霧梢繪重重地嘆了一大口氣，就像要封住一不小心就會浮現腦海的殘酷景象。

「為什麼我會是下一個目標？」

「理由我沒辦法跟妳解釋，可是請妳相信我，白瀨和我都是真心在擔心妳。」

「……太扯了。」

嘴上說得傻眼，但表情並沒有那麼強烈的不悅。她再次深深嘆了一口氣。

「我跟大家都是一樣的想法。」她盯著自己的鞋尖，接著說下去，「大家都覺得燈花絕對不可能自殺，拚命努力調查，也想過各種可能性，可是……」

「……可是？」

「燈花千真萬確是自殺的。」

我想避免在有人的地方說話，勉強山霧梢繪一起下去人少的二樓，在走廊的長椅坐下來。關於小早川燈花的自殺，山霧梢繪作了以下的說明。

距今一個月前，五月二十九日星期三上課前的時間，山霧梢繪在新大樓四樓的廁所（離我們二年級教室最近的廁所）發現了上吊自殺的小早川燈花的遺體。小早川燈花用繩子套在天花板附近的儲水箱延伸而出的鐵管上，上吊身亡，腳下有踢倒的腳凳和親筆遺書。山霧梢繪說得很含蓄，但暗示遺體已經發臭，腳下也積了一灘體液。小早川燈花的面容嚴重扭曲，如果不是胸口別著她喜愛的粉紅色蝴蝶結，她一時間還真認不出那具遺體就是小早川燈花。

繩結用的是絞刑結——hangman's knot，十分牢固。顧名思義，那是絞刑繩索使用的打結法（為了調查正式名稱，山霧梢繪還特地幫我用手機查了一下）。繩索是棉製的，後來在小早川燈花家找到了收據，證明是她自己去居家賣場買的（聽說是跟山霧梢繪她們要好的老師告訴她的）。

經過警方調查，確定小早川燈花是在前一天——五月二十八日星期二下午五點左右上吊的（這也是老師告訴山霧梢繪的）。繩索上除了小早川燈花的指紋以外，沒有其他明顯的指紋。現場一看就知道沒有犯罪嫌疑，因此沒有特地對遺書鑑定筆跡。不過不管是閨蜜山霧梢繪還是領取遺書的家屬，都認為那毫無疑問是小早川燈花的筆跡。字跡渾圓，特徵十足，不是可以輕易模仿的。遺書確實是本人寫的。

傳聞都說，遺書上只寫了一行字，但山霧梢繪說實際上留下了幾頁信紙。至於內容，山霧梢繪沒有機會平靜地細讀，因此第二頁以後寫了什麼她不知道，但第一頁的內容，確實就如同傳聞。

『我在教室裡太大聲了。我需要接受調律。再見。』

聽完說明後，我的感想完全就像她一開始說的那樣。

這千真萬確是一起自殺。他殺當然不用說，也完全不可能是不幸的意外——至少**在常識範圍內**是這樣的。

「我不是懷疑，只是想確定一下……妳剛才說的，我可以完全相信吧？」

我在口袋裡小心地握住安全別針，用它往大腿刺進去。

山霧梢繪筆直地看著我的眼睛說：

「這還用說嗎……很多事我也不願意相信，可是我說的當然全都是真的。」

聲音沒有顫動。

我原本預期當時的狀況更加離奇到不容忽視，有許多顯然奇妙且異常之處，像是有什麼東西不見了、某人的態度不對勁、有學生做出奇怪的發言，可是完全沒有這類要素。她所描述的故事徹底缺乏戲劇性，卻又莫名地逼真，是一個人尋短的全貌。

「明明她……每天看起來都那麼開心。」

山霧梢繪紅了眼眶說。

「娛樂企劃也是，她真的很樂在其中，大家一起那麼熱烈參與……真的、真的好快樂……」

我想不到該說什麼，只是默默地輕點了一下頭。

「可是……」說到這裡，聲音就快走調，她調整了一下聲音，接著說：「可是你也知道，不能一直萎靡不振下去吧？往後大家還是要一起慢慢打造出最棒的班級。」

「……嗯。」

「所以垣內同學，你也要幫忙喔。大家齊心協力，慢慢地讓我們班再次變得完美。」

我說「對啊」，一臉嚴肅地慢慢點頭。

「大家一起。」

6

我利用隔天午休，前往打聽第二個自殺的村嶋龍也跳樓時的狀況。關於他的死亡，我決定詢問聽說在近處目擊到他跳樓瞬間的C班籃球隊員。我和C班沒有任何直接的關係，但善於社交的學生行動範圍很廣，就算沒說過話，也經常看到，並記住他們的名字。目擊者學生之前也常來我們班上露臉，應該是因為以前都是籃球隊的，是來找村嶋龍也的吧。

向幾乎是初次見面的人攀談，坦白說我很不擅長，也不樂意。而且對方是身形高眺的籃球隊員，讓我情不自禁感到畏縮。但我還是向從廁所出來的對方開口：「你是齋藤對吧？」齋藤直樹露出親切的笑，就像要解除我的緊張。

「找我有事嗎？」

布滿痘疤的臉頰上冒出大大的酒窩。

我搬出對山霧梢繪說的那套說詞，拜託他告訴我村嶋龍也過世時的狀況。

結果他禁不住露出遲疑的複雜表情，但應該是感受到我的嚴肅，回絕了邀他去福利社的朋友，一起到中庭長椅坐著回答我的問題。

「我真的無法相信……阿龍居然會尋死。」

「……我也這麼覺得。」

「可是那不管怎麼想都是自殺啊。」

他說到這裡停頓了一下。

「膝蓋受傷這件事，似乎帶給他很大的打擊。」

村嶋龍也以前是籃球隊的，而齋藤直樹現在還是籃球隊的成員。因為原本就認識，他的口吻流露出悲痛之情。

村嶋龍也是在小早川燈花自殺後過了一星期又幾天的六月六日星期四，結束了自己的生命。當時齋藤直樹經過新大樓四樓的走廊，正要前往職員室詢問顧問當天的練習內容。這是他在隊上的工作，也是每天一定要做的例行公事。結果他聽到視聽教室那裡傳來學生的叫聲。

「那應該是阿龍的朋友。那個學生用拳頭敲打視聽教室的門，所以我問『你在做什麼』，那人說『阿龍想要尋死』、『跟我一起阻止他』。」

這突來的狀況讓齋藤直樹慌了手腳，但他還是從門上的小窗窺看室內。結果他看見村嶋龍也在裡面，臉色是前所未見的灰白。村嶋龍也坐在椅子上，用緩慢得可怕的速度正在寫著什麼，運筆小心到了病態的程度，彷彿一筆一劃都在削去他的生命。

「我當時也有點陷入恐慌，以為阿龍是被人威脅，被逼著簽下可怕的合約。因為狀況太莫名其妙了，我拜託在場的阿龍的朋友說明狀況，但那人也搞不清楚。那個學生說午休的時候，阿龍突然說要死，就這樣跑進視聽教室，鎖在裡面不出來，說他要跳樓，叫朋友不要阻止，然後就變成現在這樣。」

齋藤直樹就像村嶋的朋友先前做的那樣，用拳頭敲門大聲叫喊。

「你在做什麼！出來啊，阿龍！」

他試著轉動門把，但門果然鎖上了，打不開。很快地，村嶋龍也就像用完最後的晚餐，放下筷子般（齋藤直樹如此形容），無聲無息地把筆輕輕放到桌上，安靜地站了起來。村嶋龍也露出的眼神散發出強烈的悲壯感，接著以近乎悲切的優美動作行了個禮，這讓齋藤直樹確信他尋死的覺悟是真的。

「我當下心想他是來真的……所以我立刻衝去職員室拿鑰匙。我真的是不要命地狂奔。」

去職員室一把抄起視聽教室的鑰匙趕回來，中間連兩分鐘都不到。可是等待著拿鑰匙回來的齋藤直樹的，卻是跪倒在地的村嶋龍也的朋友的身影。

「阿龍的朋友手裡捏著手帕……肩膀抽動著。」

齋藤直樹問怎麼樣了，那個朋友只是搖頭。沒趕上嗎？齋藤直樹懷著最糟糕的預感，從門上的小窗窺看視聽教室裡面。沒看到村嶋龍也，取而代之，敞開的窗戶吹進來的風拂動著窗簾，清爽得近乎突兀。齋藤直樹打開門鎖，喊著村嶋龍也的名字走進去，幾乎不抱希望地探頭看窗外。

摔在地上的村嶋龍也的身體，以及溢出四周圍的血泊實在太悽慘了。

齋藤直樹渾身虛脫，彷彿全身的肌肉都死光了，拉過附近的椅子坐倒下去。這時，他才注意到剛才村嶋龍也在寫的是遺書。

可能是認為該說的都說完了，齋藤直樹說到這裡交抱起手臂，重重地吁了一口氣。嘴角朝左右兩邊撇了撇，就像在尋找讓無處排遣的情緒發洩之處。

「阿龍真的是個超厲害的選手，他受傷實在太可惜了。他練習很認真，也很積極活潑，每個人都喜歡他，是個很有領袖魅力的人。我想這世上應該沒有人會討厭阿龍，你說對吧？」

「我也這麼想。」

「真的……太讓人難過了。」

「……我可以問個問題嗎？」

「什麼？」

「你說在你到場之前就已經在視聽教室前面的那個學生，你知道叫什麼名字嗎？」只要去問那個人，或許可以得到更詳細的資訊。

「……啊，抱歉，臉我大概記得，但名字有點想不起來。我第一次看到那個學生，只記得是打綠色的領帶。」

男學生幾乎都打綠色或紅色領帶，因此這個線索毫無參考價值。我思考有沒有什麼方法可以查出那個人，同時提出最在乎的問題。

「還有，你記得村嶋的遺書寫了什麼嗎？」

「你不知道嗎？大家都在傳吧？」

「……那……」

「跟燈花的遺書內容一模一樣。」

『我在教室裡太大聲了。我需要接受調律。再見。』

相較於小早川燈花死亡時的狀況，村嶋龍也自殺當時，有許多非預期的狀況。他在跳樓前一刻與跳樓後，都有學生目擊，而且墜樓當時應該也有學生看到。但視聽教室外面沒有陽台，因此無法沿著陽台從外面侵入教室裡面。唯一的出入口，由齋藤直樹確定上了鎖，因此現場實質上是一間密室。換句話說，目擊者的存在，只有為村嶋龍也真的是自殺這件事背書的功能。

不過比任何情報都更讓我驚訝的，是遺書的內容。我一直相信自殺的三人留下的遺書內容都一樣，這只是學生捏造出來的流言，因此不由得感受到強烈的衝擊。因為這件事不只是補強了同學的自殺是死神所為的事實，更是讓人強烈地嗅到存在於其中的怪奇、詭譎，或者說惡意。

「A、B班的聯合娛樂企劃還會繼續辦下去吧？」齋藤直樹面帶柔和的微笑問。

我強自切換思考回應，「……是啊，應該會繼續。」

「這樣啊，那就好。我聽說那是阿龍發起的企劃……但果然還是沒辦法像籃球那樣讓他著迷嗎？」

「……不曉得耶。」

「哪時候……或者說，下次企劃也可以，找我們C班一起辦吧。我們班都很羨慕呢，大家都說『好想加入喔』、『只有A、B班自己玩得那麼爽，真奸詐』，哈哈。」

我也跟著回以溫柔的笑。

「幫我們跟梢繪還是委員提一聲吧，拜託囉。」

我應說好，再次感謝齋藤直樹的協助，和他道別了。

這天放學後，我決定去找據說在高井健友跳樓時離他最近的職員。當時我並不知道那名職員叫什麼，不過她好像姓箕輪。箕輪是個瘦得像竹竿的纖細女子，嬌小白皙，看起來就像打出生以來就只吃蔬食過活。她的年紀應該接近三十歲。

行政人員上班的地點不是職員室，而是主大樓一樓東邊的行政室。基本上學生不會去那裡，但也因為這樣，被其他學生——被死神看到的可能性應該也不大，令人放心。

根據規則，學生不能進去行政室，因此我請附近的職員幫我找那名女職員出來。箕輪小姐一臉困惑地來到我面前，我向她切入正題。

我也想過她有可能一聽到我的話，又回想起當時的情況而昏倒，但她遠比我想像的更冷靜地聽完我的話，說「等我處理完手上的工作，再來跟你談」，就回去自己的座位了。

我等了約二十分鐘左右，被帶到用來接待業者的會客區。這裡原本不是學生會進出的地點，因此有種如坐針氈的感覺，但總比長時間暴露在會被人看到的地方要來得好多了。

箕輪小姐以沒有抑揚頓挫的平板聲音，淡淡地告訴我高井健友跳樓時的狀況是什麼。

高井健友跳樓的六月十七日星期一，是那場扮裝派對結束後的第一個上學日。因此以娛樂委員為主的部分學生，必須在放學後為扮裝派對收拾善後，把暫時集中在操場角落的垃圾和合照用的台階等物品歸還原位。箕輪小姐就是在幫忙這些工作。

「除了台階以外，還有手機也可以用的三腳架、小型集會帳篷那些，因為我是出借的窗口，所以必須幫忙歸還。因為那些東西組裝和拆解都需要一些知識，我們便分成幾組工作。」

眾人收拾的時候，高井健友抱著幾樣大型物品，走向新大樓四樓的空教室。

「如果問我那個時候他是不是就已經無精打采，一副像要自殺的樣子，我實在回答不出來。因為我也不曉得決心自殺的人會是什麼樣子……不過他看起來不太快樂是事實。當然，收拾善後的時候，沒什麼人會興高采烈吧，但感覺得出他顯然情緒低落。」

高井健友前往空教室約十分鐘左右，箕輪小姐也帶著帳篷骨架的鐵管跟上去。比起高中男生，臂力明顯更差的箕輪小姐在每一樓的階梯平台都休息了一下，吃力地走到四樓。

然而她在敞開的門內看到的，卻是令人不敢置信的情景。

高井健友的腳踩在陽台欄杆上。

「我還弄不清楚發生了什麼事，他就跳下去了。同時對面的教室大樓傳出一片女生的尖叫聲，這些聲音在中庭迴響，然後我才發現他不是在表演魔術，也不是在嚇人，純粹就是摔下去了。」

箕輪小姐丟下鐵管，衝向打開的陽台。往下一看，眼下是高井健友一動不動的身體。她一陣驚嚇，抬起頭來。

新大樓的校舍呈U字形，我們把U字形中間的空洞稱為中庭（事實上儘管只是聊備一格，但中庭確實也有一些植栽），而高井健友是從新大樓左側朝中庭跳下去，因此新大樓右側的管樂隊成員都一清二楚地看到了他墜樓的瞬間。

箕輪小姐好一段時間呆若木雞，只能看著管樂隊成員尖叫吵鬧。

她說就在這時，她感到腳邊有種難以形容的古怪感覺。

「……古怪的感覺？」

「我家有養貓，貓經常會用臉來磨蹭人的腳。硬要形容的話，就像是那種感覺，就好像有貓蹭過腳邊……現在回想，應該是心理作用吧。就在這時，我注意到腳邊有東西。」

往腳邊一瞄，那裡放著高井健友擺得整整齊齊的室內鞋。可能是為了避免被風吹走，室內鞋底下壓著一張遺書。

雖然覺得用不著問，但我非問不可。

「妳還記得內容嗎？」

「當然。不過內容不是手寫的，應該是用 WORD 還是什麼打出來的。是直書，大大的字體填滿了整張紙……」

『我在教室裡太大聲了。我需要接受調律。再見。』

緊接著，一個同樣抱著鐵管的女學生走進教室裡來了。

「那個女生叫檀優里，跟我同一組收東西。她也聽到管樂隊的尖叫聲，好像嚇了一跳。我告訴她發生了什麼事，她跑去陽台往底下看，又立刻抬起頭來，像是後悔了。然後……應該是噁心想吐吧……她蹲了下去，捂住嘴巴，接著堅強地掏出手機說要叫救護車……後來我們就一起離開教室了，所以沒有更多細節可以告訴你了。後來的事都交給警方處理了。」

可能是我沉思的表情過於凝重，箕輪小姐以抱歉的語氣又補充了她的看法。

「我覺得幾乎不可能有犯罪嫌疑。那個時候陽台沒有人，他掉下去的樣子，也不像是被誰推下去的。他毫無疑問是以自己的意志跳下去的，那是自殺，警方也作出一樣的結論。」

「謝謝妳。最後請容我問個失禮的問題……妳說的這些，我可以相信全都是事實嗎？」疼痛一閃而過，大腿滲出血來。

「當然都是事實，是真的。」

聲音沒有顫動。

「雖然連續發生了這麼多難過的事……」箕輪小姐轉為慈祥的眼神說，就像要鼓勵我，「你們的娛樂企劃，我們這些外人看著也覺得好像很快樂，我覺得是很棒的點子。我在學校的資歷絕對不算長，不過兩個班級的學生聯合起來，主動規劃各種活動，我是第一次看到。」

「……謝謝妳。」

「對了，那件事是真的嗎？」

「哪件事？」

「看起來很內向的園川同學和張本同學，因為太嗨了，在卡拉OK大會脫光上半身跳舞。」

「……是真的。妳認識他們兩個？」

「去年他們擔任清潔委員，我們因為公務經常聊天……」說到這裡，箕輪小姐似乎想像起兩人半裸跳舞的模樣，第一次笑逐顏開，輕笑出聲。「看他們玩得那麼開心，太好了。如果能不向悲傷的事低頭，繼續這樣的活動，那就太棒了。」

我盡力不讓表情變得陰暗，回應說：「是啊。」

7

如果是名偵探的話，或許可以憑著更細膩，或是神來一筆的推理，一口氣揭發真相。但理所當然，我沒這種本事。不管是去打工，還是在家聽著妹妹的吵鬧聲，或聽著上鋪傳來的哥哥刺耳的打鼾聲，不斷地在腦中打轉的也只有一句話：

「完全不懂」——就只有這句話而已。

不過即使是這樣的我，也有一件事應該是可以斷定的。

這個推論或許窩囊到家，從某個意義來說，也是形同認輸。但我覺得事實就是如此，所以不得不這麼斷定，也就是……

他們三人應該**真的就是自殺**的吧。

看似矛盾，但我並非否定死神的存在。確實有死神這個人，她和我一樣是「繼承人」，利用她的能力，謀害了三個人。否則實在無法解釋為何三人都選擇在校園裡尋死，並準備了內容一字不差的遺書。不過，這並非兇手殺害三人，並偽裝成自殺——換個說法，也就是並非利用物理詭計偽裝成自殺。

死神是不是利用她的能力，把他們三人誘導至想要自殺的「心理狀態」？評估自殺當時的狀況，看起來實在沒有物理詭計介入的餘地，那麼認為是把他們逼迫到真的自殺的地步，應該比較妥當。

小早川燈花自己買了自殺用的繩索，留下親筆遺書。村嶋龍也處在怎麼看都不正常的精神狀態下，在目擊者面前寫下遺書。至於高井健友，包括管樂隊在內，有超過十人目擊到他自行跳樓的瞬間。三人毫無疑問是主動尋死。

不過，他們都是被死神操縱精神，進而自殺的。

兇手是誰，目前毫無頭緒，但關於死神擁有的「繼承人」的能力，我有了一定程度的推測。她的能力是精神誘導系，而且是能讓別人放棄自己的生命、甚至讓遺書內容完全統一的，兇惡到殘忍，強大到非比尋常的能力。

不管怎麼樣，我的極限也就到這裡了。

即使找到和齋藤直樹一起目擊村嶋龍也死亡的綠領帶男學生問話，感覺也只能補強前面的假說而已。就算向管樂隊的學生詢問高井健友跳樓時的詳情，感覺也是一樣。只是再次確認自殺就是自殺而已。

設想一切可能性之後，雖然目前還有一個能夠執行的下一步手段，但我不覺得這能帶來多管用的資訊。想想我們家哪裡可以獨處思考，結果只有廁所而已，因此我坐在馬桶上，打開之前收到的那封信。

為何北楓高中會流傳著四種能力，此事詳載於本校創辦人岸谷亮兼先生的自傳，若您有興趣，可參考圖書室裡收藏的唯一一冊。

讀了總比沒讀好嗎？

我懷著這點程度的期待，前往圖書室。

午休時間的圖書室比想像中的還要清閒，除了顧櫃台的人以外，學生連十個都不到。幾乎都是吃完便當來睡午覺的人，有幾個認真的學生在自習，沒有半個是純粹來看書的。

那本書意外地一下子就找到了。

《岸谷亮兼自傳》。

這本書隱密地藏身在圖書室最深處的「校史相關書籍」區，除非遇到像我這樣的事，否則應該不會對這一區的書感興趣。我抽出那本勉強要形容算是淡綠色的精裝書籍，隨手翻了翻。紙張邊緣完全褪成了赤褐色，每當書頁翻動，就散發出一種好幾年沒打開過的壁櫥灰塵飛揚的氣味，還有部分縫線鬆脫了。

我絕對不是個愛書人，所以不想裝什麼內行人，不過以前的書實在很難讀。問題不光是文體，裝幀還有那圓滾滾的獨特字形也是原因之一。但我還是努力啃下去，發現自傳花了相當多的篇幅描述本校創辦人岸谷亮兼和他的朋友鹽谷三郎的往來。

在尋常小學校[3]認識的兩人，就像兄弟一樣親密，但鹽谷三郎內心似乎隱藏著某些黑暗面。終於，他在剛滿十八歲的那一天夜裡自殺了。

3 譯註：尋常小學校是日本明治維新後至二次大戰期間的初等義務教育機關，修業年限為四年。

猝聞三郎死去的噩耗，我震驚萬分，甚至三日食不下嚥。就連喪父當時，我都未曾如此悲痛。我耽溺於後悔，自責為何未能對三郎伸出援手。倘若執起他的手，或許我能為他帶來一縷光明。每回問他還好嗎？他總是回答沒事，我為何未能從他的逞強中洞悉他的內心？後來，我看見柴倉家的美智在三郎的墓前合掌膜拜，細問之下，才知她也為自己的無能為力感到後悔。我問她是否愛慕三郎，她點頭承認。三郎時常怨嘆，沒有人會欣賞他這種人。如果美智能在三郎還在世的時候向他表達愛意，對他會是多麼巨大的救贖啊！一思及此，淚水再次泉湧而出，我知道自己本可以在三郎還活著的時候，平撫他的心靈傷痛。

雖然不能說全無閱讀價值，但我的感想頂多就是「古人在自說自話」。如果容許我說得更直接一點，就是比較文雅一點的普通人的推特內容。雖然也不是讀不下去，但也不特別引人入勝。我不知道當時有沒有自費出版這種方式，但這應該是以極為近似的形式出版或印刷的書籍吧。是只為了供學校收藏而製作的、名符其實的創辦人自傳。我感覺不到更多的意義。

鹽谷三郎的事又講了幾十頁，總算結束，終於提到私立北楓高中的創設，以及我們「繼承人」擁有的特殊能力的起源。賦予這些能力的，是個長得和鹽谷三郎極為相似的神秘男子。當時岸谷亮兼已年過四十。當然，與他同齡的鹽谷三郎如果還在世，應該也四十多歲了，而這名神秘男子的模樣氣質，完全就是四十多歲的鹽谷三郎。岸谷亮兼與他邂逅，大受感動。

他平日裡沉默寡言，然而有一次他說，如果你真的打算興辦學校，我可以送你一些特殊的力量。我說，這個玩笑實在不甚高明，他便向懷疑的我展現了他說的部分能力。那不可思議的力量讓我嚇破了膽，只能承認他所言不虛。據他所說，他並非人類，因此我請他製作四種能力，並讓學生世代相傳。為了表達對他的感謝，我決定把學校興建在與他相遇的那座山丘——膞丘。由於昭和二十二年學校教育法施行，校舍轉移到現今的北楓，但現在膞丘仍屬本校校地，任何人都可以自由進出，有興趣的學生，可以前往參觀，兩地相隔亦不遠。

把證明真的有超能力的書，擺在任何人都看得到的地方，這不會有問題嗎？

但這本書輕易地驅散了這個疑問，或者說憂心。首先，除非是「繼承人」，否則應該不會拿起這種書，就算真的拿來讀了，內容也過於荒誕無稽，不會有人相信。

由於我毫無期待，因此說期待落空是有語病，事實上收穫也確實太少了。

我輕嘆了一口氣，這時毫無預警地傳來一道聲音，嚇得我全身一震。

「垣內，你怎麼在看那種東西？」

我差點把書掉到地上，回頭望向聲音的方向。出聲的人就站在我旁邊。是同班同學八重樫卓。不要嚇我啦，我只是好奇，拿起來翻一下而已——

我立刻理解這不是能用這種話混過去的場面。

八重樫在笑。雖然在笑，但一瞬不瞬、彷彿要射穿我的注視我的視線中，確實帶著某種陰暗。他左手搭在書架上，絕對不是在耍帥，而是要堵住我唯一的逃脫路徑。

我詛咒自己的大意。冷靜想想，我不該堂而皇之地拿起這本書的。剛剛我自己不是也才想到了嗎？除非是「繼承人」，否則根本不會拿起這種書。

「回答我啊。難不成你在打探些什麼？」

美月說，死神的聲音是女生，因此我一直認定死神就是女的。但仔細想想，這只不過是一個小小的、微不足道的資訊。

心臟開始猛跳。指尖開始發麻。

「還是我就挑明了說，你是在打探三人的自殺吧？啊？」

八重樫比我還要高，雖然不到熊腰虎背，但肩膀很寬，因為是足球隊的，因此大腿和小腿肌肉都很結實。頭髮用髮膠抓得很帥氣，皮膚因為大量日曬，十分黝黑，相貌也很精悍。襯衫前面第一、二顆釦子都解開來，褲管捲得恰到好處，露出腳踝。也不是說這些細節怎麼樣，但這些種種事實，都化成了眼前的威脅與恐懼，阻擋在前方。

我勉力想出能夠作出的最好選擇，把幾乎失去感覺的右手偷偷伸進口袋裡。

「八……八重樫，」喉嚨黏在一起，聲音乾啞。我輕聲咳了一下，問道：「你是『繼承人』嗎？」

我用安全別針刺大腿。八重樫沉默著，直盯著我看。

「……回答我。」

我再次催促，他總算回答了。

「沒錯。」

聲音沒有顫動。我再次嚥下唾液，謹慎地繼續提問。

「那……是你殺了他們三個嗎？」

「什麼？」

「……回答我。」

安全別針扎得太深，大腿發出抗議，我差點忍不住叫痛，這時八重樫以滿懷敵意的聲音說道：

「我怎麼可能殺他們？殺了他們的人是**你**吧？」

聲音沒有顫動，這讓我安心到差點當場癱坐下去。

我們耗掉整個午休，才終於完全解開誤會。

我拿出幾天前收到的信，八重樫眼神中的懷疑總算徹底消失了。當然，我沒有把記載能力詳情的部分交給他，只讓他看了上代「繼承人」死亡，能力由我繼承的部分。理所當然，這證明了在三人遇害時，我尚未擁有能力。

我們移動到無人的新大樓後方的長椅時，八重樫男子氣概十足地為懷疑我道歉。

「……這表示燈花、阿龍和健友三人之一是『繼承人』嗎？」

聽到這話，我才注意到這個理所當然的事實。他們其中之一，就像現在的我一樣，隱藏著能力，過著校園生活。而他們遭到死神殺害，所以能力落到我頭上來了。誰是上代「繼承人」？雖然如今已無從確認，也沒必要確認了。

八重樫的說法是這樣的：他從朋友村嶋龍也自殺的時候，就一直強烈地感到不對勁，接著高井健友自殺，他更加確信，這一定是和他一樣的「繼承人」導致的他殺。八重樫自行展開調查，結果他認定我——垣內友弘最為可疑，因此決定暫時監視我的行動。

「結果不出所料，你在午休溜出教室，拿起了那本書。我完全相信你就是黑幕了……抱歉。」

「……你不知道其他的『繼承人』是誰嗎？」

「我怎麼可能知道？不過懷疑的對象是有，就是棒球隊隊長，三年級的佐古學長。當然我沒有直接問過他……一開始我也懷疑過他，不過絕對不是他下的手，因為他明顯就不是那樣的人……我猜想足球隊跟棒球隊，各別代代繼承了一種能力，我的能力也是今年畢業的足球隊學長傳給我的。」

那麼，現在這所學校的「繼承人」，是那個叫佐古的學長、八重樫、我還有死神四個人了。

雖然我們不打不相識，但得知目的相同後，聯手合作也是順理成章的發展。我把從美月那裡得到的情報，除了是從美月那裡聽說這部分以外，全部告訴八重樫。雖然就算告訴他是從美月那裡聽說的，我個人也沒有問題，但美月本人不願意被別人知道。至於理由，不言而喻。聽完後，八重樫露出有些恍然的表情。

「完全是盲點……這樣啊，是女生啊。」八重樫原本抱有兇手絕對是男生的成見。「以女生為中心調查的話，或許可以揪出兇手。」

「調查……要怎麼查？」

「當然是利用能力啊，我的能力是……」

八重樫過度輕易地就要向我說明他的能力，我連忙制止他。應該用不著再次確認，但如果被別人知道詳情，能力就會失效。我提出這件事，但八重樫卻很鎮定。

「只說內容的話，應該沒問題。」

「……什麼意思？」

「連發動條件都曝光的話，能力就無法使用。不過只知道內容的話，能力應該不會消失。」

我當場再次確定信件內容。

3. 若是被他人得知，或是說中能力的內容及發動條件，能力會立刻失效。

確實也可以解讀為八重樫說的那樣。

「就算是這樣，我也不是見人就說。不過實際上我在收到學長的信以前，他就口頭告訴過我能力的內容，但學長的能力還是可以使用，所以沒問題的。」

八重樫說完，告訴我他的能力是「知道對方好惡的能力」。當然，發動條件是秘密。

「我可以知道一個人喜歡誰、討厭誰。如果是喜歡，喜歡到什麼程度，討厭的話，討厭到什麼程度，連好惡的程度都可以約略掌握。要我試一下給你看嗎？比方說，你喜歡和討厭的人是……」

「不，不用了。」

「……是啊，我想也是。」八重樫不必要地連連點頭，說「那就算了」。「不管怎麼樣，這不是什麼大不了的能力，我也不想被捲進麻煩，所以難得使用。而且用錯方式，會變成偷窺別人人際關係的低劣人渣。」

這話很容易聽起來虛偽，但從八重樫口中說出來，具有十足的說服力。八重樫應該是真心不想濫用能力吧，這並不是說他是一個情操多高尚的人，而是因為他是個極端厭惡他本身認定的「遜咖」、「丑角」的人。我和他打交道的次數並不多，但光是透過在同一間教室相處的認識，就完全明白他這樣的個性。

「不過，這個能力有個問題，就是必須以一個人作為基準點。比方說，我決定垣內你是基準點，就可以確認你喜歡和討厭的人。可是這個時候，我並不知道反過來的情形，也就是誰喜歡你，誰討厭你。決定基準點後，若要把基準點轉換到下一個人身上，需要一點時間，所以意外地並非萬能……唔，可是總之兇手是女生，然後這個女生討厭燈花、阿龍、健友，還有梢繪。只要知道這些，或許得花點時間，但可以利用我的能力，大幅縮小嫌疑範圍。如此一來……或許可以揪出兇手。」

連對死人也能發揮效力嗎？雖然我很驚訝，但覺得不管怎麼包裝，這話都會讓他聽了不舒服，所以沒有說出口。

「但問題是，就算我知道哪些人可疑，也無法完全確定，很有可能撲空……」

「只要縮小嫌疑範圍就能知道了。」

「……知道什麼？」

「只要你能縮小範圍，我就有辦法確定那個人是不是兇手。」

「你這話是認真的？」

我點點頭，和他一樣，隱去發動條件（也就是必須讓肉體感到疼痛），說明自己的能力。八重樫握拳開心了一陣，說這樣就能揪出兇手了，接著突然回神似地，露出落寞的神情：

「……這樣啊，那一定是阿龍了。」

「你說村嶋龍也怎麼樣？」

「你的上一任啊。我猜阿龍應該就是『繼承人』……他很擅長識破別人的謊言，而且非常善體人意，貼心得過分。原來他全都看在眼裡啊……」

無意間脫口而出的已故朋友的往事，悲傷而寂靜地震動了八重樫的心弦。

他低下頭，就像要遮掩濕潤起來的眼眶，吸了一下鼻子。確定淚水收起之後，他沉聲說道：

「……真的不可原諒。」

我想不到該說什麼。八重樫用一種揉去眼中灰塵的動作抹去淚水。

「根本是瘋了……他們三個都是超棒的人，而且我們大家一起推動娛樂企劃，明明和樂融融……兇手做出這種事，到底是有什麼目的？」

八重樫勉力壓抑感傷，對我說。

「我拚死也要揪出那個天殺的兇手。」

我點點頭，八重樫說，要徹底有效利用他的能力，最好是A、B班所有的學生齊聚一堂的場合。那麼最適合的狀況就只有一個，也就是預定在這個星期五舉辦的A、B班聯合娛樂企劃，操場烤肉大會。

八重樫說他一定會在那裡揪出兇手，從長椅上站了起來。這時我小聲問道：

「那個，我可以問一件事嗎？」

「什麼？」

「就是……你怎麼會以為我是兇手？」

八重樫回頭看了我片刻，很快地又轉回正面，有些尷尬地搔了搔頭。

「也沒有啦……其實就很簡單，這幾天你不是心慌意亂，坐立難安得很誇張嗎？尤其是之前的娛樂企劃會議，還突然一副快吐出來的樣子……所以我覺得你一定有什麼鬼。只是這樣而已，所以我才決定盯著你。」

「……那個時候我第一次發現能力是真的，同時也醒悟到三人的自殺其實是他殺，所以大受震驚而已。」

「原來是這樣。」八重樫說道，點了點頭。「垣內，你這人感覺有點難以捉摸，所以看起來更可疑吧。」

「難以捉摸？」

「也不是難以捉摸，怎麼說呢，我不太會形容。唔，總之……真的抱歉啦，以後多多指教囉。」

八重樫說完這些，靜靜地邁開步伐。

我目送八重樫的背影徹底消失在校舍後方後，才安靜地站起來。

8

「垣內，你是哪一組？」

我看著發下來的單子，說是第三組。園川努力把睡得亂翹的粗硬頭髮理平，嘴巴撇成八字形。

「我是第七組，阿張說他是第二組……果然大家都被拆散了。」

「是啊。」我說道，微微點頭，園川則誇張地嘆了口氣。

「其實我今天本來想乾脆請假的說，可是德國蟑螂很囉唆。唔，應該很快就會結束了，你也加油啊。」

籃球隊的赤西和足球隊的郡山大聲說著話走進教室，園川頓時像個怕挨主人吼的僕人，收起表情回去自己的座位了。

我不知道園川到底是基於什麼樣的理由認為「很快就會結束了」，但我也懶得特地去他的座位問個清楚。

跟在赤西和郡山後面，大塊頭的八重樫也進來了。經過我旁邊時，他稍微放慢了腳步，就像被風吹動的柳枝般，若有似無地點了個頭。

「嘿。」

我不想在教室裡做出太招搖的行動，只用蚊子叫般的音量回了聲「早」。

「今天真的拜託囉。」

「……嗯。」

八重樫再次加快腳步，就這樣和朋友們會合，大聲聊天起來。幾個女生被吸引過去，教室後方開始鬧烘烘起來。今天烤肉我們做那個吧做這個吧你是哪一組的真假跟你同一組喔還有那個別忘囉怎麼可能忘記啦白癡——我聽著背後這些熱鬧愉快的談笑聲，隔著制服褲子撫摸事先貼上ＯＫ繃的大腿。幸好只是摸，並不覺得痛。

雖然是用安全別針扎出來的小傷，但扎上太多次，出血也頗為可觀。傷口結痂，制服內側也沾上了一點血。制服褲子只有一件，也不能拿去送洗，所以我趁著昨晚簡單手洗了一下。如果預先在大腿貼上ＯＫ繃，隔著ＯＫ繃用安全別針刺大腿，血應該就不會沾到制服了吧？我靈機一動，今早匆匆從急救箱裡拿了一片。

來到學校時，每個人的桌上都已經發了一張烤肉分組表，我重新端詳這張表。八重樫是我隔壁的第四組。如果同一組，應該更容易行動，但隔壁組的話，應該也可以順利行事，不至於有問題。

教室後方又傳出大笑聲，但那聲音卻顯得有些疲軟。以前的話，笑聲應該會再延續個幾十秒，現在卻彷彿汽油耗盡般，笑到一半就被沉默給吞沒了。至於原因，班上每個人都心知肚明。

少了村嶋龍也。少了高井健友。白瀨美月此刻也不在。可是，不光是這樣而已。

『我在教室裡太大聲了。我需要接受調律。再見。』

我拿出第一節的課本，叫自己不要胡思亂想。

「欸……各位同學，我想大家都迫不及待想要快點開始，不過開始前請聽我說明幾點注意事項。」

娛樂委員站上司令台，揮舞著手中的板夾。他是B班的男生，姓竹，留著兩側推高的髮型。可能是覺得音量不夠，他敲打了麥克風片刻，接著對音響人員打出某些手勢。調整到滿意之後，他裝模作樣地說了些像這裡是校內不要太吵鬧、不可以一個人把肉獨吞，也要感謝一起參加的老師這類說詞。山霧梢繪提醒他適可而止，那名姓竹的學生才總算進入開場致詞。

「抱歉，那麼活動終於要正式開始了。好，大家一起說『Let's happy』展開今天的活動，好嗎？可以嗎？好，那麼大家一起來，Let's……happy！」

桌子總共準備了十二張，依委員決定的次序，每張桌子坐了五、六名學生。當然，烤肉用的爐子不可能準備十二個那麼多，實際上在烤肉的只有設在司令台旁邊的一塊鐵板而已。在那裡，娛樂委員當中比較內向的學生們拚命地為大家烤肉。

烤好的肉，由各桌代表前往領取。代表領到的肉，真的會送到我或我正面低著頭如坐針氈的B班同學濱屋（活動佩戴的名牌上這麼寫，我跟他是第一次見面）手上嗎？我覺得有些可疑。

「來自我介紹吧。」坐在我對角的B班男生（名牌上寫著「木村」）開口。

「不過普通的自我介紹沒意思，就說一下自己的名字、參加的社團，還有喜歡的異性類型好了。好，就這麼辦吧。」

「什麼啦～」仁科萌香也不是真心排斥地說。

「有什麼關係嘛，來，萌香第一個。」

「不要鬧人家啦～」

我瞥著拍肩打鬧的兩人，自目地起身說要去廁所。濱屋不安地看了我一眼，我在內心向他道歉。娛樂委員以交流為名目，精確地將不是很熟的人規劃在同一組，同時對於木村這樣的部分學生，則作出了丘比特式的安排。只要稍微看看整體分組，其中的用心一目了然。

我之所以離開，不是因為不想自我介紹，而是因為有必要確定一下八重樫的狀況。我刻意經過四組附近，看看八重樫的樣子。

八重樫和同組的學生們談笑風生，卻也有些魂不守舍的樣子，躁動不安。或許只是點出來才會發現的細微變化，但至少我看得出來。他見我站在附近，向組員說了一聲，起身離開，以還算自然的動作走向我這裡。我們維持著適當的距離，就像只是剛好要朝同一個方向走，同時開口。

「我剛確認完四分之一左右，還沒有找到可疑人物。」

八重樫打開似乎是他用來確認的名單，上面列出了A、B班女生的姓名。就像他說的，有四分之一都用粉紅色螢光筆劃掉了，應該是刪去了判定清白的學生吧。

名單底下，藏著以前製作紀念文集時拍攝的照片的黑白影本，過世的三人的照片，也各別用別針別起來。或許要把能力運用在故人身上，需要生前的照片——我如此猜測，但自我約束，沒有更進一步深入考察。因為一旦知道詳情，有可能害八重樫的能力失效。

「我一定會找到嫌犯的，再等我一下……等我找到以後，其他真的就靠你了。」

我假裝伸展脖子，點了點頭。我不想直接回去自己的座位，穿過司令台附近煙霧濛濛的空氣，前往新大樓一樓的廁所。雖然沒有便意，但還是躲進隔間裡消磨了一下時間，然後洗手返回操場。這時，突然爆出一陣歡呼。

望過去一看，兩個男生脫光了上身，正在跳舞。是園川和張本。有人拍手喝采，有女生背過臉卻笑出來，也有些學生笑到連站都站不起來。兩人在這樣的眾人圍繞下，高舉雙手，笨拙地舞蹈著。不是傳統的盆舞或阿波舞，更不是爵士舞或嘻哈舞。完全不懂舞蹈的他們硬是要跳，注定要上演扭曲滑稽的舞姿。

「饒了我們吧，真的會被你們笑死，你們兩個真的很天才耶。」

「今天的MVP又是園川跟張本了。」

「說真的，娛樂企劃的目的就是看他們兩個耍寶吧。」

終於從郡山手中拿回上衣的兩人，靦腆地笑著回應掌聲，匆匆返回自己的座位了。我也趁這時回去自己的位置。

「下回阿濱是不是也應該一起跳？」

濱屋發現「阿濱」是在說他，一臉困惑地看著木村。「太難了啦！」仁科萌香拍手大笑。見我回到座位，木村催說：「對了，只剩下你了，快點自我介紹啦！」我不想讓氣氛變得更尷尬，說出自己的名字，以及自己沒參加社團。

「不是，垣內，你忘記重點了。」

「被發現啦？抱歉抱歉。」

我尋思片刻該怎麼回答，木村臉上的笑意突然消失了。怎麼了？我循著他的視線回頭一望，發現背後站著大塊頭足球隊員。

「……垣內。」

八重樫的表情緊迫萬分。他的肩膀上下搖晃，額頭冒汗，彷彿剛短跑衝刺完。同時儘管身在夏季戶外，他的嘴唇卻彷彿凍寒般微微顫抖。

「來一下。」

八重樫聲音沙啞，但斬釘截鐵地說。

「**我找到了**。」

如果是園川來叫我也就罷了，但來找我的人是八重樫，因此沒有人敢制止。我跳起來似地起身，但立刻反省不該做出張揚的舉動。我不自然地縮小動作幅度，八重樫說道：

「沒事……她沒在看這裡。」

在八重樫的指示下，我們移動到體育大樓後方。確定從操場完全看不到我們後，八重樫發出呻吟般的嘆息，接下來仍好一陣子無法掩飾驚慌，抹了抹臉，各種動作，但最後似乎立下決心說出口。

「幾乎錯不了。整個藍色。我第一次看到藍成那樣的。」

「……藍色？」

「抱歉，是在說我的能力。總之，A、B班全部的女生裡面，那個人最討厭梢繪——不只是這樣，那個人恨死在場的每一個人了。近乎病態地厭惡，應該**恨到想殺了所有的人**。我本來想要挑幾個可疑人選，可是都發現藍成那樣的人了，已經夠了……完全是另一個次元了。」

「……到底是誰？」

「應該不用擔心跟她對上眼，不過等下探頭看的時候，記得慢慢來。是坐在七組桌子的女生。」

我小心地從校舍後方伸出頭，總算了解八重樫所說的意思了。七組——被分到和園川同組的那個女生，儘管身在熱鬧的學生當中，卻一個人沉迷於閱讀。別說在意周圍了，她甚至連頭也不抬，旁邊的學生們也不知道該拿她怎麼辦的樣子。可能是覺得就算跟她說話也會遭到拒絕，又或者實際向她攀談過，卻碰了一鼻子灰。

「……她叫什麼？」

那個女生留了一頭黑色鮑伯頭，髮絲乖順齊整得幾乎不真實。即使坐著，也看得出她個子很高，體型清瘦。臉被手中的口袋書擋到，看不清楚長相，但從指尖就看得出膚色白皙。

「……啊。」

我倒抽了一口氣。原來是這麼回事？

她變換姿勢的時候，口袋書的角度改變，露出了一點胸口的部分。我在腦中描繪出一個可能性，這時八重樫總算說出了她的名字。

「她是B班的檀——檀優里。」

這個名字我聽過。是在哪裡聽到的？我立刻想起來了，是行政人員箕輪小姐目擊高井健友跳樓之後，緊接著進入教室的女生。因為她是在跳樓「後」才進入教室的，所以我沒怎麼留心，但這或許是過於疏忽了。對方可是「繼承人」，不應該用常識來進行各種推論的。

還有一件事應該確認一下。

「你要去哪裡？」八重樫問。我說：「體育館。有件事我得確定一下。」直接跑掉了。

籃球隊就像平常一樣，在體育館練習。鞋底摩擦聲、籃球反彈像打鼓般的低音營造出獨特的氣氛。平常的話，這空間會讓我裹足不前，但現在容不得客氣了。我找到在舞台前穿著球衣吆喝的齋藤直樹，他的臉上雖然掠過一絲被打擾的表情，但看出我神色有異，立刻轉為驚訝的表情。

「怎麼了？出了什麼事？」

「不好意思突然找你，上次你告訴我村嶋的事，他關在視聽教室裡面的時候，在門口敲門的他的朋友，是女生嗎？」

「對啊。」齋藤直樹沒什麼地說：「我沒說嗎？」

「是我自己搞錯了。你想起她叫什麼了嗎？」

「沒有，我也沒去查……」

「檀優里。」

「……啊，就是這個名字，沒錯。」

剛才書本縫隙間露出了她一部分的胸口。

她的胸口上……掛著綠色的領帶。

學校校規規定，男生基本上要佩戴學校指定的紅色或綠色領帶。紅色領帶稍微受歡迎一些，但仍有三到四成的男生會打綠色領帶。因此先前我一直認定，就算知道領帶的顏色，也不是什麼有用的線索。同時，只要是這個年級的學生，幾乎都知道村嶋龍也的女朋友是B班的女生，所以齋藤直樹完全不會誤會在外面叫門的女生可能是村嶋龍也的「女友」，所以才用「朋友」來代稱她。那個時候，齋藤直樹為什麼會特地提到領帶還有區分顏色？我應該更認真地思考這個問題的。

在我們學校，女生不是打領帶，而是別紅色或綠色蝴蝶結。因此，如果有哪個女生打綠色領帶，確實是個無法忽略的重大特徵。

包括我沒有特別重視箕輪小姐告訴我的女生的名字在內，我為自己的漏洞百出感到羞恥。可是現在我應該面對的，不是自己的沒用，也不是反省或往後的抱負，而是檀優里這個女生身在兩個自殺現場這個不可動搖、絕對不容忽視、無法以巧合帶過的事實。

我考慮先回去八重樫那裡，向他說明從齋藤直樹還有箕輪小姐那裡聽到的內容，然而當我走出體育館時，卻目擊了意想不到的情景。

檀優里收拾東西，正要走出校外。

是烤肉大會因為某些因素突然中止了嗎？我連忙望向操場，但烤肉大會當然沒有結束。司令台旁邊，一盤盤待烤的保麗龍包裝生肉堆積如山。山霧梢繪表情嚴肅地指揮其他委員，儼然像個首相蒞臨的遊行活動上的警備工作負責人。除了檀優里離開以外，沒有任何變化。

一眨眼之間，檀優里不斷地朝後門走去。

該怎麼做？我根本無法冷靜下來思考最妥當的行動，糊裡糊塗就追了上去。不能讓她跑了。只要冷靜下來，就知道沒必要焦急，但一股難以言喻的強迫觀念卻催促我行動。

「等一下！」

她從容不迫地停下腳步，彷彿早已決定要在那裡停下來，接著以慵懶萬分、惹人心急的徐緩動作，回頭看向了我。

「幹嘛？」

和她對上眼的瞬間，我失去了一切語言能力。

第一次在近處看到的檀優里，美得令人無法想像。她有著一雙冰冷得不可思議的眼睛。如同預想，身形高眺，眼睛高度和一六六公分的我幾乎齊平。除了胸前不是指定的蝴蝶結，而是綠色領帶以外，她身穿的制服中規中矩，沒有任何擅作主張的部分。裙子的長度很標準，或是還略長一些，白襯衫是校規規定的款式。沒有花俏的髮飾、沒有耳環，也沒有塗指甲油。然而她卻光彩動人，彷彿隨時都有聚光燈打在她身上，並散發出一種犀利，彷彿一旦露出破綻，就會被她趁機殺掉。

我以為她的眼梢畫了飛揚的濃眼線，但她凌厲的眼神似乎是天生的。臉上脂粉不施，一雙冰冷大眼無比深邃漆黑，彷彿扔進小石子，數十分鐘都等不到回音。那雙眼睛注視著我，就只是這樣而已，卻不知為何讓我有種心臟被一把揪住的感受。

「幹嘛？」

她再問了一次，我總算恢復神智。我不顧前後脈絡，連忙把右手插進口袋裡，掏出安全別針，這時才發現我無法使用能力質問她。

因為她已經走出校門外了。

4. 所有的能力，只能在私立北楓高中的校地內發動。

「……啊，抱歉，突然叫住妳。」

我拚命回想能力的規則，同時挖空心思尋找串場的話。行使能力的一方留在校內的話，能力可以發動嗎？或者當對方離開校園時，一切就都失效了？總之，有沒有辦法把她叫回這裡？不，要是勉強這麼做，有極高的風險會被她發現我是「繼承人」。那麼，直接使用能力試試嗎？但如果聲音沒有顫動，我要如何判斷……

我被自己的心聲吵得心煩意亂。

「那個……烤肉會……」我放棄思考，就像從沙子裡隨手抓出一塊尺寸合適的石頭丟出去一樣，倉促地開口說道：「還在繼續，我想說……妳怎麼已經要走了。」

她眯起眼睛，就像在品味我的話，接著朝地面看了一眼，又抬頭看我。

「我倒是想問，你還不走？」

「……咦？」

「你是垣內友弘吧？」

眼前陷入一片空白。

「你是垣內友弘，怎麼還不走？」

見我答不出話來，她留下微笑，往前邁出步子。

我就像被定住一般，愣在原地好半晌，忽然再也忍不住，朝教室跑了過去。是去拿自己的東西。我完全沒注意前方，幾乎撞上去前一刻，才注意到八重樫在樓梯口叫我。

「怎麼樣？垣內，她果然就是兇手嗎？」

「抱歉，還不知道。」

「你沒能問她？」

「我還沒使用能力，她就先走出學校了。我要去追她。」

「……呃、蛤？」

「應該還追得上。」

「不是，就算你追上她，又能怎麼樣？」

八重樫說得沒錯，我完全無法作出合理的反駁。離開校園，就無法使用能力質問，更進一步說，也完全不必擔心她會加害山霧梢繪了。只要等到下星期，多得是機會確定她是不是死神。

可是現在驅動著我的，若要形容的話，是一種無可抗拒的本能。

非追上她不可。她知道我的名字，這確實讓我感到驚懼、詭異。但不光是這樣而已，我覺得如果不在這時候追上她，我會一輩子擺脫不掉某種詛咒。

我抓起書包跑下樓梯，拋下再次叫住我的八重樫。從她離開的後門出去外面，她逐漸變小的背影仍依稀可見。她不是前往最近一站北楓站所在的西北方，而是往南走。學校附近，我只走過通往車站的路，不熟悉這裡的環境。我和她維持著不會跟丟，也不會被發現跟蹤的距離。經過看上去早已經超過鼎盛時期三十年有的蕭條商店街，在勉強僅容一輛車經過的巷弄複雜蜿蜒前行。走到這裡，不靠手機地圖程式可能沒辦法自力回去了。正當我開始感到不安時，她總算停下了腳步。

她在山丘上的長椅坐了下來。

我當然不認為她住在電閃雷鳴的斷崖絕壁上的骷髏城，但或許我是在尋找這類簡單明瞭的記號，比方說她會對路上行人亮刀子、走進霓虹燈閃爍的可疑酒吧、在藥局購買大量安眠藥。坐在無人的山丘長椅上看書——這種打發放學時間的方式，確實也難說普通。即使如此，還是讓我不禁感到落空。

我躲在稍遠處的樹木後方，看著安靜地翻著口袋書頁的她的背影。

這座小丘視野良好，但難說維護得宜。剛才走上來的混凝土階梯出現巨大的裂痕，甚至傾斜，扶手也浮現鏽斑。如果不是為了跟蹤，我根本不會想上來。上來之後看到的高台，除了長椅和一塊小看板以外，也沒有什麼特別的設備。通往長椅的小徑被踩平了一些，但基本上雜草恣意生長，高及膝蓋。

在這裡等她把書看完，有多大的意義？說起來，查到她的住處，我到底想做什麼？我終於有空反省自己的愚蠢行為，決定默默地離開山丘——原本我是這麼打算的。

直到再次定睛細看骯髒的看板。

「臍丘公園　本座市」。

原來這裡算是公園嗎？這個不重要的感想浮現心頭，接著我在意起來：這個名字好像在哪裡聽過？花不了多久的時間，回溯記憶的小旅程，便成長為驚人的假說。我想起的是岸谷亮兼的自傳。

為了表達對他的感謝，我決定把學校興建在與他相遇的那座山丘——臍丘。由於昭和二十二年學校教育法施行，校舍轉移到現今的北楓，但現在臍丘仍屬本

校校地。

應該與這件事放在一起思考的，是能力的規則。

4.所有的能力，只能在私立北楓高中的校地內發動。

照邏輯來看，在這座山丘，是不是可以使用能力？這個想法掠過腦際，我的右手滑進口袋，腳開始朝檀優里的方向走去。我沒有明確的作戰策略，也沒有必要在這裡一決勝負，但當我發現條件俱全的時候，莫名的焦慮與扭曲的自信充塞了整個胸臆。這是個意料之外的千載難逢好機會。

我必須在現在、此地，問個水落石出。

注意到腳步聲的她，和在校門前一樣，慢條斯理地轉向我。她有些意外的樣子，但絲毫沒有害怕或不安的神色。

「為什麼跟上來？」

「這……」我決定如實回答，「我不知道。」

她默默地等我說下去。

「妳……怎麼會知道我的名字？」

「我們隔壁班，至少會知道名字吧？都辦了那麼多場聯合娛樂企劃了。」

「這樣啊……」說得也是，我對自己說：「妳在看什麼？推理小說？」

我想要設法將話題帶到三人的自殺，硬是選擇了「推理小說」的類別，如此而已。然而她不曉得是不是認定我沒眼光，嘆了一口氣，彷彿對我失去一切興趣，目光再次回到書本上。

「我不看那種無聊的東西。癖好異常、思想偏差、在不幸的際遇中成長的兇手，基於離譜的理由殺人，然後毫無利害關係的名偵探之流粉墨登場，用牽強附會的推理和膚淺的說教逐一批判。我不懂這有什麼好看的。」

「……那妳在看什麼？」

「盧梭，《論人類不平等的起源與基礎》。」

光是書名就把我嚇傻了，但我還是問：「……內容在講什麼？」

「以為可以用一句話來說明一切，這實在很羞恥，不過勉強要說的話……社會制度一旦建立，就必然會出現不平等，除非採取某些補救措施，否則不平等只會不斷地擴大。最後會形成一個金字塔結構，『君王』就是它至高無上的頂點……在講這些。」

「……『君王』是頂點……」

我判斷談話的脈絡稱得上自然。

「最近自殺的那三個人，妳有什麼看法？」

我突然深入提問，檀優里卻不動如山。

「什麼看法？」

「……這麼多人連續自殺，我覺得很不尋常。」

「也就是怎樣？你是想說……有人殺了他們三個人，偽裝成自殺？」

一捏住安全別針，緊張的水位便急遽上升。呼吸就要急促起來，肩膀快要跟著搖晃，視線也差點飄移起來，我無意義地用左手撫摸脖子。

「只是覺得應該也可以考慮一下這個可能性。」

「那，他們是怎麼被殺的？」

「我不知道，可是譬如說，兇手有『方法』可以做到。」

「『方法』？」

她輕笑了一下。

「你知道裘格斯的戒指嗎？」

「……不知道。」

「是柏拉圖的《理想國》裡出現的故事。有個叫裘格斯的牧羊人，某天他在洞窟裡找到了一枚奇妙的戒指。這個魔法戒指可以讓人隱形，裘格斯利用這枚戒指溜進王宮，和王妃苟合——也就是通姦。這對姦夫淫婦陰謀策劃，最後殺害了國王，裘格斯成功地篡奪了王位，這就是裘格斯的戒指。它到底想要表達什麼，或許不好理解，不過柏拉圖——嚴格地說，這個故事是格勞孔提出來的，不過講這麼細就太複雜了——柏拉圖提出來的問題很簡單：『如果身處的情況，讓人行惡卻不會曝光，那麼人可以行惡嗎？』就這樣。」

得到了「繼承人」這種特殊能力，就可以殺害同學嗎？

「……柏拉圖怎麼回答？」

「當然是不行。」

她說，插進書籤，闔上書本。目光移向山丘望出去的景象，遠方是小小的我們學校。

「理由是，人應該要追求善的『idea』——『理型』。脫離善的『理型』的行為，不管得到什麼樣的榮華富貴，也會污濁一個人的心靈……因此是絕對無法容許的事。所以如果……你剛說什麼去了？如果他們三個人的自殺，真的是裘格斯利用類似隱身魔戒的機關進行的隱形殺人，柏拉圖一定不會容許吧。」

「……那妳會容許嗎？」

「我嗎？我實在不想用裘格斯戒指真實存在這種童話般的前提繼續聊下去。」

我差點有些鬆懈下來了。她的態度過於從容，還有那滿不在乎地宣告殺人是邪惡的口氣，以及斷定超能力是童話的冷靜。不管是任何一點，都讓人覺得她是清白的。

或許她不是死神。這個預感，給了我提出最後一個問題的勇氣。

「那麼，至少妳沒有像裘格斯戒指的特殊能力，也沒有殺害任何人。」

「什麼？」她傻眼地笑，注視著我的眼睛。

我對準了預先貼上ＯＫ繃的位置，用安全別針刺大腿。一陣刺痛，感覺血滴滲出，被紗布塊吸收進去。

檀優里一臉理所當然，用曉諭幻想少年般的口氣說道：

「**我沒有特殊能力，當然也沒有殺人。**」

第三章 ❋ 普通語言學教程

9

姓名：檀優里

班級：二年B班　社團：無　居住地：楓町

喜歡．擅長：閱讀

不喜歡．不擅長：游泳

要好的A、B班朋友：無

給大家的訊息：請多指教

每個項目都只有寥寥數字。「給大家的訊息」那一欄，認真的學生會寫上五、六行，甚至附上吸睛的插圖。就連我都寫了三行。我隨手翻著作為娛樂企劃的一環而製作的A、B班聯合自我介紹文集，檀優里那一頁因為過於空白，反而格外顯眼。

「抱歉，讓你久等了。」

八重樫粗魯地放下沉甸甸的漆皮運動包，把濕淋淋的傘丟到上面。他抓起運動毛巾蓋住頭，立刻點了飲料無限暢飲和薯條。

我們想避免被死神——檀優里看見我們在校內討論的樣子，決定放學後約在家庭餐廳碰面。八重樫說他社團活動向來全勤，突然請假會顯得不自然，我也同意，所以等到足球隊練習結束的傍晚六點。

八重樫去拿飲料回來的期間，丟在桌上的他的手機就震動了三次。這個事實讓我驚訝，忍不住甚至感動起來。

「垣內，不能用你的能力猜出檀身為『繼承人』的能力嗎？」

「我覺得很難。對於她，我只能再使用兩次能力，如果不是做出接近完美的預測再提問，很有可能撲空收場。」

「……說得也是呢。」

八重樫把蓋在頭上的運動毛巾拉到臉部，低吟地說：

「那個臭女人……我絕對不原諒她。」

毛巾底下傳出細微的吸鼻涕聲。我當作沒聽見。

我們揪出了死神是誰，然而我們能夠做的事，卻少得連自己都感到驚訝。對我們而言，當務之急是保護山霧梢繪的生命，但只是查出兇手是誰，對這個目的毫無助益。除非查到檀優里的能力詳情，讓她的能力失效，否則她隨時（雖然不知道是不是隨時）都可以殺死山霧梢繪。

此外，有個單純卻極為棘手的問題，那就是說到底，我們無法將她交給警方。理所當然，就算在現階段報警說「有個叫檀優里的學生殺了人」，警方也不會理睬，即使詳細揭露了能力和殺害手法，也無法依靠警方和司法的力量。因為只要我們識破檀優里的能力，她的能力立刻就會消失，不管我們再怎麼大聲疾呼有這樣的能力，也只會被當成是高中生的幻想。就算前「繼承人」的畢業生們全部出面，高聲主張真的有能力，但他們早已失去最關鍵的能力，缺乏說服力。警方憨直地相信這種天方夜譚的證詞，將檀優里繩之以法，這種可能性我實在難以想像。實在太過奇幻了。

換言之，我們完全無法拿檀優里怎麼樣。

即使我們成功保護了山霧梢繪，並識破檀優里的能力，至少以這個國家的法律，是完全無法制裁她的。就宛如——裘格斯的戒指。

她是隱形的。是隱形的死神。

「如果警方束手無策的話，只好我們自己來了。」

「你是說……對她動用私刑嗎？」

「難道你能坐視不理嗎？她都殺了三個人，卻可以逍遙法外，我可看不下去。」

「……可是，不知道檀優里的能力就靠近她，實在太危險了，有可能反過來被她打倒。就算在校外教訓她，也很有可能在回到校內的時候被她反擊。再說，如果對她施加物理性的危害，被警察抓走的會是我們。還是得先確定她的能力是什麼。」

「我知道……我明白，這我都清楚。」

確實，就我們的常識來看，殺了三個人卻能逍遙法外，實在教人無法接受。即使如此，現在的我們能夠做的，或者說應該做的，還是查出檀優里的能力，以及能力發動的條件。查出來、奪走檀優里的能力，保護山霧梢繪，除此之外別無他法。

我們再次針對檀優里的能力進行分析。前面已經提過了，不得不認定，檀優里應該擁有精神誘導系的能力。畢竟小早川燈花自行購入自殺用的繩索，也留下了親筆遺書。村嶋龍也也是親手寫下遺書，從他人無法進入的視聽教室一個人跳樓了。高井健友則是在箕輪小姐的面前跳下。他們的死亡是自殺，這一點無庸置疑。

認為是檀優里把他們的精神狀態朝負面方向牽引，應是理所當然的推論。不過，現在浮現了一個不容忽略的新事實。也就是村嶋龍也和高井健友自殺時，檀優里都在現場。村嶋龍也自殺那時候，她在門口敲門，把齋藤直樹叫過去幫忙；高井健友則是他剛跳樓之後，她便若無其事地跟在箕輪小姐後面進入空教室。

警方的偵訊內容我們當然無從得知，但如果檀優里在兩起自殺中都是發現者之一，應該會引起不小的懷疑吧？就算不至於懷疑她是加害者，也應該把她視為引發自殺的關鍵人物。檀優里自己也是，就算明白警方不可能查到「繼承人」及自己超常能力的犯罪內容，若是能夠，應該也想要避免招來懷疑。

然而她人卻在場。

這表示她的能力，必須在對象的附近才能發動。假設她的能力是下達暗示後，三小時後對象就會自動陷入想要尋死的衝動，是這種類型的能力，那就沒必要刻意待在自殺的對象附近。她在視聽教室是隔著一道門外、空教室則是有人自殺後才進入，由此推論，或許不需要靠近到可以觸碰的距離。即使如此，還是需要某程度的接近。

比方說半徑五公尺，或十公尺以內。

假設她能夠從遠處發射讓人陷入自殺衝動的能量波之類的東西，那麼發射範圍應該不廣。小早川燈花的遺體是在她上吊的隔天才被發現，因此不清楚她自殺時的狀況。當然，也沒有檀優里當時在附近的目擊證詞，但還是應該視為當時她也在附近吧。

檀優里的能力，讓她只要身在對象附近，就能誘導對方陷入自殺衝動。

「或許不是。」八重樫盯著手機，嘟噥地說道。

「咦？」

「你知道白爸爸嗎？」

「你說那個行政人員？」

「對。」

行政室裡，最醒目的座位有個滿頭白髮的男職員。不知為何，學生都叫他白爸爸。「白」應該是來自於他的白髮，但至於為何要叫他「爸爸」，就不得而知了。也不知道他的本名叫什麼。他應該已經年近七十了，但退休後仍待在學校做行政人員。他的特徵是招呼聲極為洪亮，在學生之間算是個名人。說好聽點，學生都把他當朋友，但不容否認，他被當成一種吉祥物，覺得就算對他沒大沒小也能被包容。

「剛才我LINE給白爸爸……啊，他雖然是老人家，可是超會用手機的。之前社團活動結束時，大家好玩交換了聯絡方式，然後……唔，這不重要……總之，我問他這所學校以前發生過像這樣突然有許多學生自殺，或是神秘死亡、意外死亡的情形嗎？結果……」

八重樫朝我亮出手機螢幕。白爸爸的回覆是——

『我在這間學校已經待了五十年有了，第一次遇到這麼讓人難過的事。這也是第一次有學生因為生病或機車事故以外的原因過世，真是太震驚了。』

「我的能力是『看出他人好惡的能力』。」八重樫又把手機擱回桌上。「你的能力是『識破謊言的能力』。」

「……這怎麼了嗎？」

「剩下的兩種能力，其中之一是『誘導他人精神的能力，而且強大到能逼人自殺』，我覺得這不太可能。跟我們的能力相比，她的能力未免強大得太離譜了吧？」

雖然無法保證能力的強弱、實用性都是平等的，但我覺得八重樫的說法也有道理。確實，我也覺得這脫離水平太多了。

「而且白爸爸說，這是第一次校園有這麼多學生自殺。我不知道檀是第幾代的『繼承人』，可是，過去應該有三到四十人擁有和她一樣的能力，卻沒有半個人像她那樣大量殺人……甚至連一個人都沒有。換句話說……」

「檀的能力並沒有我們以為的那麼強大？」

「這也是一點，但我覺得應該不是專門用來殺人的能力。那個臭女人是絞盡了腦汁，把能力應用在最惡劣的行動上。」

八重樫咂了一下舌頭，把運動毛巾塞進漆皮運動包裡，用煩躁不堪的手勢撩起雨水和髮膠融在一起的頭髮。

「是說，為什麼是那三個人？教人搞不懂。那個臭女人到底在想什麼？」

八重樫沒再說話，像在等待我同意，我回道：「確實完全不懂。」我期待溜去飲料吧的期間話題會改變，但我一回來，八重樫就萬分嚴肅地交抱起手臂說道：

「他們彼此之間有什麼關聯嗎？」

想也沒用，不可能知道的。我說，把可樂灌進喉嚨裡。

「難不成，她打算殺光全班，只留她一個？」

「……不可能。」

「你怎麼知道？」

「呃，抱歉，只是這樣覺得。」

八重樫半晌間表情凝重地抱著手臂，很快地目光被再次震動的手機吸引。好像是電話。他當場拿起來按在耳上。剛聽沒多久，就從對話得知是八重樫的女友打來的。我不知道對方叫什麼，但記得是D班還是E班的學生。我只對臉依稀有印象。

因為只聽得到八重樫說話，只能用猜的，但從他的口氣聽來，他的女友似乎很不高興，像是在責怪最近都沒空陪她，並刺探他和山霧梢繪的距離是不是親近得可疑。

事實上，這幾天八重樫都隨時留意著山霧梢繪。他盡量陪在山霧身邊，主要關心她的心理狀態，確定是否有受到精神誘導的跡象。既然不清楚檀優里能力的詳情，也只有這個辦法，而比起我來，這項任務八重樫顯然更為適任。

「蛤？妳怎麼會跟阿仁在一起？莫名其妙……妳給我解釋喔。」

我不想偷聽對話內容，但八重樫的聲音很大，不想聽也會聽見。阿仁應該是指山霧梢繪的男友森內仁吧。「kozu-jin0427」的仁。

「我現在在家庭餐廳……妳管我跟誰在一起……沒騙妳啦白癡。妳……」

兩人在吵什麼，我可以過於輕易地想像出來。在各種意義上，我實在聽不下去了，便戴上耳機當作耳塞，播放音樂。秦基博開始彈奏吉他。

看著八重樫，會忍不住在腦子裡替他配音，所以我把眼睛也閉起來，就這樣整個人癱進沙發裡。然後我思考接下來我們——不，我應該採取的最好的行動是什麼？已經知道兇手是誰了，但不清楚她的能力。即使知道她的能力，若無法完全掌握發動條件，就無法讓她的能力失效。

完全走進死胡同了。

既然如此……

肩膀被拍了一下，我摘下耳機。

「抱歉，垣內。」

八重樫從錢包裡嘩嘩掏出零錢放到桌上，數了四百五十圓，匆匆忙忙揹起運動包。

「我得去找我女友一下，她真的抓狂了。不好意思，接下來的事明天再……」

「我覺得只能直接拜託了。」

「……呃？拜託什麼？」

「拜託檀優里不要殺山霧梢繪。」

八重樫連續眨了幾下眼，就像在懷疑自己聽錯了，接著傻眼地誇張嘆氣。

「……媽啊，饒了我吧，不要連你都給我搞這些。」

「可是，我覺得只有這個方法了。」

「就算是走投無路，也不可能用那麼蠢的方法吧？」

「沒有其他手段了。這樣下去，只能坐視山霧被殺。」
「好，你先冷靜一下，然後我們明天再討論。」
八重樫走掉了，推開的門緩緩地恢復原位。
我又戴上耳機，這次聆聽高橋優的歌聲。
我聽了五首歌，依然沒有回心轉意。

10

她確實是個危險人物。
但還是可以溝通吧？
我和她只在山丘上短暫交談過幾句話，但並非絕望地無法進行言語互動。
我絕對不是自信一定可以說服她，或是讓她洗心革面，但至少還是可以找到一個妥協之道吧？我內心有著這種毫無根據的預感。

此外，我仍無法完全拋棄她或許並非兇手這種天真到不行的預感。那個時候，她的聲音確實顫動了。即使如此還是要解釋的話，那就只是聲音顫動而已。起碼在這十七年之間，我在評估對方的發言真假時，依靠的都是察言觀色。對於超能力的準確度，我算是相當信賴，但我也想要同等地──不，更強烈地相信我與生俱來的、身為普通人的認知能力。

只要能在校園裡和她說話，我也能使用能力。若是可以在絕佳的時機用安全別針提問，或許可以查出她的能力。但一旦疏於防備，有可能喪命在她手中，如此強烈的恐懼讓這些好處相形失色。我選擇在校外見面。我決定放學後，在她烤肉大會那天也經過的後門外面等她。

昨天晚上我用ＬＩＮＥ聯絡八重樫，說我還是想要直接跟檀優里談判。八重樫一直叫我冷靜，但最後冷靜下來的人是他自己。因為就算我們兩個人下死勁動腦，也不可能想出她的能力究竟是什麼。檀優里身為「繼承人」的能力是精神誘導系，必須待在對象附近才能發動。我們所知道的就只有這些。

『或許你說得對。』

我們又討論了一陣，他說。

『或許只能這麼做了。』

我說不能隨便讓檀優里知道其他的「繼承人」是誰，因此拒絕八重樫同行。我不認為面對檀優里，八重樫能夠保持冷靜，而且我個人也想和她一對一說話。遇害的村嶋龍也和高井健友的笑容在腦中一晃而過。

檀優里朝後門走來。奇妙的是，等待期間，恐懼和緊張讓我的心跳逐漸加速，然而本人實際現身後，我卻恢復了從容。也許是因為談判對象從殺人魔這種抽象的兇惡概念，切換成普通女高中生這種現實存在，而且某程度熟悉的概念的關係。

確定她確實踏出校園土地後，我出聲叫住她。

「幹嘛？」

反應和前些日子一模一樣。她微微側頭，烏黑的鮑伯頭輕輕擺動。

我說想跟她談一下，咖啡廳還是家庭餐廳都可以，能不能找個地方說話？

後門比起正門和南門，沒什麼學生會走，但因為才剛放學不久，有好幾名學生從我們前面經過，男生搭訕美女學生的景象無可避免地引發了他們的好奇。儘管我如此急切，卻不斷地惹來好奇的目光。

「我幹嘛要花時間陪你說話？」

這反應還在預期範圍內。我原本就打算開門見山，一口氣切入關鍵正題，因此隔了一段別有深意的停頓，說道：

「……妳應該明白。」

「我不明白。」

「我想聊上次的事。」

「我想要獨處。你的話，應該會懂才對。」

她一副言盡於此的樣子，邁步就走。我不能讓她跑了，跟了上去，不即不離地跟在她三步之後，好一陣子都在懇求她聽我說。她停下來等紅燈時，我們並肩站在一起。

「如果妳不理我，我會就這樣一直跟在妳後面。」

「隨你的便。」

這話並不友好，卻也感覺不到明確的拒絕，因此我決定真的跟上去。對方完全不理我，所以跟到一半，我就停止說個不停了，但依然像個僕役般緊隨在後。走著走著，她走進書店裡了，當然我也跟了進去。這是一家中等規模的書店，因為離學校近，學生常來，我也光顧過幾次。不過每次出續集我就會買的漫畫只有兩部，基本上這裡不是我熟悉的空間。應該是紙張的氣味吧，我踏進店內獨特的空氣裡，追上她靈巧地穿過書架的背影。

很快地，她停在哲學區的書架前。

我不知道她是終於認輸了，或只是想要個說話的對象，還是願意奉陪我一下，好打發我回去？她指著一本書問我。

「你知道索緒爾嗎？」

如果沒有提示，我可能會誤會是某種新的外國甜點，但眼前架上並排著索緒爾的書，我猜出應該是哲學家。我不可能知道索緒爾是誰。

「索緒爾把語言納入哲學探討。他提出語言的詞彙並非各自擁有固定的意義，它的意義是來自於區別的體系。」

「不好意思，完全聽不懂。」

「比方說，在說明一個詞彙的時候，我們無論如何都必須用其他的詞彙來說明。所謂『快樂』是『快樂的事』，這是一種同義反覆，辭典不容許這樣的解釋。一個詞彙，只有在與其他詞彙的區別中才具有意義。『酷寒』是比『寒冷』

程度更嚴重的寒冷，『微寒』是比『寒冷』程度更低的寒冷。唯有像這樣拆解、比較，詞彙才具有意義。唯有差異才能構成詞彙的意義……這樣懂嗎？」

「……唔，似懂非懂。」

「索緒爾這樣的觀念，有人不只是把它應用在語言，而是應用在各種領域，那就是後現代主義者。他們從七〇年代開始，便努力透過差異來說明森羅萬象。結果他們的研究，或者說是一種愉悅，在現代已經成了不足為道的胡說八道，但有一部分確實令人信服。我將他們的發想擴大，這樣思考：人的個性，自我認同，也只能存在於差異之中。因此對於要將其扁平化的行動，必須得要堅決反抗才行。」

我有些茫然。倒不如說，我從一開始就覺得自己大概無法理解，直接放棄了。所以慢了幾拍之後，我依稀理解了她所說的內容，感到一陣陰寒。

這番話幾乎就形同**自白**吧？

時間的流動變得遲滯，空氣開始染上濕氣。眼前書架上的眾多哲學家開始變得就像她的同夥，壓迫著我的胸口。柏拉圖、迪卡兒、休謨、邊沁、彌爾、尼采，以及索緒爾。

「自殺的那三人……」
我懷著將炸彈投入安靜的書店的意圖問：
「是妳殺的吧？」
檀優里倏地把手從索緒爾的書上放開。
「怎麼會是這樣？」
「不用再瞞了。我已經知道了，我也是『繼承人』之一。」
我早就料到八成會如此，但她絲毫沒有驚訝的反應。沒有訝異的「嘿？」也沒有裝傻地問什麼是「繼承人」，而是靜靜地看著我。宛如深淵的那雙眼睛窺覷著我，彷彿隨時都要把我吸進去。
「所以呢？」
我必須字斟句酌。「白瀨告訴我，說妳裝扮成死神接近她，還說妳下一個要殺害山霧梢繪。我想要設法阻止這件事發生。請不要殺山霧，這是我唯一的請求。」
「一般來說……」她露出有些悲傷的眼神，又轉頭望向書架。「都會第一個問『妳為什麼殺了那三個人』，但你沒有這麼問。」

「……不要轉移話題。」

「我不懂你為什麼要這樣保護山霧梢繪。為什麼你不希望她死？」

「……怎麼可能默默坐視一個人被殺？」

「這個答案就行了嗎？」

「妳到底想說什麼……總之，請不要殺山霧梢繪。」

「那殺白瀨美月就可以嗎？」

「……怎麼可能？任何人都不行。」

「死都不要。」

這話就像一刀刺上來，我的胸口開始流血。或許她不是兇手。聖誕夜在枕邊留下禮物的，或許不是爸爸，而是真的聖誕老人——這種天真可笑到家、心底深處明知道根本不是事實的幻想，在這瞬間轟然崩塌，徹底斃命了，淚水幾乎要奪眶而出。然而她卻彷彿要繼續玩弄我的心，說道：

「……如果我這麼說，你要怎麼辦？」

「妳……」

我不能退縮。

「妳是『繼承人』，這是我用我的『繼承人』的能力查到的確鑿事實。妳擁有誘導對方的精神、讓對方想要自殺的能力。妳利用這種能力，逼迫三人自殺——甚至讓他們寫下內容相同的遺書。但妳必須待在對象附近，能力才能發動，所以妳才會在兩個自殺現場被人目擊。雖然沒有人看到，但小早川自殺時，妳應該也在附近。我都知道這麼多了，情報都齊全了，我很快就可以完全揭露妳的能力了。這麼一來，妳的能力就會失效，所以……」

「你的推理能力很差呢。大錯特錯，錯得離譜。」

她嘲笑地說，我對她說：

「……總之，不要殺山霧。只要能達成目的，妳應該也沒必要殺她。只要能保住山霧的命，我也可以協助妳，所以……」

「你大概誤會了一些事。」

「……誤會？」

「我的……兇手的要求沒你想的那麼單純，也沒那麼容易。」

「……意思是，妳要把A、B班殺到只剩妳一個人，否則不會善罷甘休？」

「錯了，很可惜。」

檀優里稍微挺直了背，她清瘦的身體更加纖細、柔韌地伸長了。她俯視我似地說：

「不是殺到只剩一人，而是殺到**班上變成一個人**。為了這個目的，祭品還不夠。」

還沒來得及理解話中的意義，她的話就先讓我的皮膚凍結了。我愣在原地。

「好，就這麼辦吧。」

檀優里跨出腳步，走過約三區書架。

「明天午休，你到社會科資料室來。我們在那裡討論接下來的事吧，我會在那裡證明我的清白。你聽完之後，停止繼續糾纏我，並為誣賴我的事真心誠意道歉。這樣就結束了。」

太不合邏輯了。她幾乎承認了自己就是兇手，卻主張自己是清白的。我整個人陷入混亂，她卻突然破顏微笑。露出爽朗笑容的她的側臉，是隨處可見的、單純一個漂亮的女高中生。

「我想，就來讀個推理小說好了，有什麼推薦的作品嗎？」

轉調似地，她跳到稀鬆平常的話題，我思考的調頻跟不上。我不知所措，坦承自己對推理小說不熟，無法推薦。

「這樣，那就挑聽過的作品好了。」

她這麼說，拿去結帳的是阿嘉莎．克莉絲蒂的作品。

《一個都不留》。

11

檀優里是不是計畫明天殺掉我？

這天，當我把第六糰蕎麥麵丟進大鍋的時候，這個可能性忽然掠過腦際。如果只是單純要證明自身清白，她大可以直接在書店裡繼續跟我談下去。但她沒有這麼做，而是刻意提議說想要**在校內**重新再談，這是否意味著她想要使用能力？因為覺得懷疑自己的學生很礙眼……這不是沒有可能的事。瞬間，我一陣不適，想要離開廚房。店長擔心我，但現在休息實在太早了。我之所以能說我還可以，勉強再繼續煮了兩小時半的蕎麥麵，是因為我成功切換思路，認為這反倒是個大好機會。

如果她想要殺我，就一定會使用「繼承人」的能力。

再也沒有比這更好的機會，來識破她的能力和發動條件了。

當然，我應該會遭遇極大的危險，但她不知道我還有另一個「繼承人」八重樫卓在協助我。我和檀優里談話的時候，請八重樫在社會科資料室前面的走廊伺機而動就行了。假設我像小早川燈花那樣試圖上吊，就必須先把繩索固定在天花板等等，需要時間準備。叫八重樫趁這段期間架住我，把我拖出校園就行了。只要離開學校範圍，能力就會失效。雖然風險極大，但即使我陷入精神錯亂，八重樫體格過人，應該可以輕易制伏我。

我想跳樓的情況也是一樣。不過坦白說，跳樓這件事我並不怎麼擔心。

因為檀優里指定的社會科資料室位在新大樓的二樓。

如果要讓我跳樓自殺，應該會選擇最高的四樓教室，或至少是三樓。事實上，村嶋龍也跳樓的視聽教室，還有高井健友跳樓的空教室都在四樓。雖然完全無法保證安全，而且若是叫我真的跳跳看，我也會嚴正拒絕，但只是從二樓摔下去，人應該是不會死的，頂多就是骨折吧。換句話說，檀優里並沒有要讓我跳樓自殺。這樣推斷應該不會錯。不管怎麼樣，萬一我真的試圖跳樓，叫八重樫阻止我就行了。

從實際被使用能力的我自身的感覺，加上在近處觀察的八重樫的陳述，可望一口氣揭露檀優里的能力的本質。若是順利，或許可以當場識破。

想到這裡，我忽然想起了小早川燈花去居家賣場買了繩索這件事。理所當然，學校裡沒有像福利社的居家賣場，因此小早川燈花是在校外——亦即檀優里的能力適用範圍外——買了自殺用的繩索。

想得到的可能性有兩個，一個是小早川燈花並不是為了自殺，而是為了其他目的剛好買了繩索。這樣的話，沒有任何問題。但另一個可能性對我來說實在太駭人了。

檀優里的能力雖然只能在校園內發動，但它的效果是不是離開校園後也不會消失？反而就像有毒物質，是一種遲效性的劇毒，一點一滴，但確實地蓄積在體內，逐漸污染精神。

沒事的，不可能有這種事。我搬出八重樫的論調，要自己鎮定下來。如果這所學校世代傳承著如此強大且野蠻的能力，過去應該也有大量的學生自殺才對。但行政人員白爸爸說，從來沒有學生自殺過。

沒問題的。我絕對不會被殺。

也不會精神逐漸被污染。

休息區已經有五個人了。我在盡可能遠離每個人的位置坐下，結果剛好坐到電視機前面。NHK正在播報一起慘痛絕望的新聞，一名孩童溺水死亡，跳進河裡想要救小孩的五十三歲男子也成了不歸人。在我身後，串燒店的大嬸開始披露知識「河流好像真的很可怕呢，人抵擋不了急流嘛」，和菓子店的大嬸喃喃「天哪」，不曉得是在回應還是自言自語。

雖然我不想隨便把自己重疊上去，但今天檀優里的問題一瞬間晃過腦海。

——我不懂你為什麼要這樣保護山霧梢繪。為什麼你不希望她死？

「轉台啦。」

一隻手伸過來，抓起我眼前的遙控器。當然，會這麼不客氣地跟我說話的，就只有珍奶店的典子。她不停地轉台，最後在日本電視台的綜藝節目停下來。台上那個偶像不管怎麼看都有整形吧？我朋友的朋友好像跟這個藝人聯誼過喔，聽說超油的，很噁心。最後一次去大學上課是什麼時候去了？對了，我現在在網飛追的美劇真的超讚的，TSUTAYA應該也租得到，阿垣你也可以看一下。

她說的這些話，又讓我稍微鼓起了勇氣。世界又逐漸找回了日常和微渺的希望。

我事前就知道石水要舉行街頭演唱會了。打工一結束，我便快步前往圓環，加入圍成一圈的人牆最後方。我早就清楚趕不上開唱時間，所以最後兩首可以從前奏開始聽到完，已經感到心滿意足。我一如往常，等待人潮散去之後，才向石水攀談。

上次我希望他幫我挑選該買哪一把吉他，但這次不同，沒什麼特別的事要說。因此我打算簡單說一下感想就離開，但看到吉他盒上有一張名片，實在忍不住要問。

「那是……」

「哦，這個。」石水捏起名片，看了看正反面，把它遞給我。「好像是要找我商業出道，這次只是來打聲招呼。」

我感動到完全忘了白天的種種，差點要哭出來了。可能是我激動的樣子太誇張，石水哈哈大笑起來。

「你有空的話，一起去吃個飯吧。」

我不知道在石水心中，是否也覺得今天是個好日子，但他帶我去的不是吉野家也不是日高屋，而是不折不扣的燒肉店。對高中生的我來說，每一小盤料理的價格都貴得離譜。不，對大人來說或許也很貴。總之我完全狀況外，連該點什麼、點多少份量都不知道。石水發現我完全被嚇倒了，隨便幫我點了幾盤肉。

非常好吃。

這時的我完全沒有心思去想明天跟檀優里的會面，但即使「這可能是我最後的晚餐」的胡思亂想掠過腦際，我應該也會同意。我忘了體恤石水的錢包，不停地加點，感到飽脹的時候，才反省自己太不知道客氣了，但幸好吃完飯後，石水笑容依舊。

「……可是，真的太厲害了。」

我不知道第幾次讚嘆，石水笑著接受，又一如往常地撫弄了一下耳垂，用力一彈。

「你真的這麼想？」

「那當然了！」我全力發自心底說，終於有機會對這一餐請客道謝，「真的謝謝你的招待。」

「這沒有什麼。我反而要感謝你，所以才會覺得有點抱歉。」

「……抱歉？」

「直到不久前，也有個高中生像你一樣支持我。」石水把含在口中的牙籤放到空盤子上。「只是最近都沒看到他了。不過看到年輕人支持我，還是讓我有些感慨良多。這讓我有了自信，覺得自己在做的事，至少不是在重新包裝早已生了苔的舊音樂而已。」

「聽到你這麼說，我也……」接下來的話，我因為害羞而說不出口。「可是真的，這次真的恭喜你了。」

「哈哈，謝謝、謝謝，嘔心瀝血的努力終於有了回報了。」

石水說著，微微瞇起眼睛。

「有時候……倒不如說我總是在煩惱：我演奏音樂到底是為了什麼？我自己也明白這個煩惱過於陳腐廉價，卻身不由己要想。為什麼是音樂？為什麼是吉他？為什麼是街頭？絕對不能退讓的界線在哪裡？哪些是應該拋棄的沒有意義的執著……你覺得呢？」

「……呃，意思是？」

「你覺得我為什麼演奏音樂？」

我不是那種冷不防被問到，能當下作出機智回應的人。我搜索枯腸，石水都快笑出來說不必勉強回答的時候，我想到了。

「不是因為可以變得自由嗎？」

我以為石水會一笑置之說「真青澀」，沒想到他意外地一臉肅穆，交抱起手臂。沉思了一陣後，終於微微點頭，露出緬懷故人般憂愁的表情說道：

「有理。」

夜晚的下行電車，擁擠程度不下於早晨的尖峰時段。每當電車搖晃，我就硬生生撞上某人的肩膀或背部，每一次都招來冰冷的眼神，就像在說「一切壞事都是你害的」。漸漸地，我身不由己地想起了自己應該面對的問題。我忘了蕎麥麵、典子和石水，想起了和檀優里的約定。

我一手抓著吊環，扼要整理重點傳給八重樫。

『幹得好！這確實是個好機會。我一定會拚死保護你，你絕對要查出她的能力。』

我就要打開玄關門的時候，收到八重樫的回覆。

忽地，我好奇起隔壁的五〇一號。美月現在仍待在那個陰暗的住處，陰鬱地過著每一天嗎？我一時興起，伸手按在五〇一號的門鈴上，結果卻沒能按下去。即將入夏的不適溫風撫過我的身體，我輕嘆了一口氣，離開五〇一號前。

我一如往常，把擠滿脫鞋處的家人的鞋子挪到旁邊，騰出空間放自己的鞋子。屋內傳來妹妹瘋鬧的聲音，哥哥不曉得在為什麼事大聲抗議，自言自語般的「我回來了」被吸進吵鬧的室內。

12

第四堂課結束，數學老師離開教室。

我不能就這樣坐下來享受便當。園川和張本搬著桌子靠過來要一起吃，我向他們告罪，一個人離開教室。我想過是不是要去B班看一下，但又覺得沒什麼意義，打消念頭。直接走下樓梯，前往二樓，先進入社會科資料室前面的廁所，確定最裡面的隔間有人。敲門三下，裡面立刻傳來八重樫的聲音。

「垣內嗎？」

「……嗯，我要過去了。」

我們不能明目張膽地一起前往社會科資料室，因此我請八重樫在第四節課說他不舒服，先溜出教室。確定我和檀優里兩人進入社會科資料室後，他再從走廊監視室內，同時他會從門縫間伸進手機鏡頭錄影。

「我已經準備好錄影了。遇到緊急情況，就算用拖的，我也會把你拖出學校。相信我。」

「……謝謝。拜託了。」

「還有，這個節骨眼說這個好像有點怪，不過真的謝謝你。」

「咦？」

「沒有啦……」

隔間裡傳出搔頭般的聲音。

「坦白說，就算一起參加過娛樂企劃那些活動，我對你這個人還是很不了解。從來沒看你跟特定什麼人混在一起，你也幾乎從來沒主動跟我說過話，我一直覺得你這人不太好親近。而且直到前陣子我都還懷疑就是你殺了他們三人……所以現在知道你願意為了梢繪和遇害的三人這麼拚命，怎麼說，我真的超感動超感謝的。」

我不知道該怎麼回答地說道：

「客氣什麼，沒事啦。」

「總之拜託你了。絕對要結束這一切。」

「嗯。」

我只洗了手，便離開廁所。雖然是午休時間，但新大樓的二樓只有社會科資料室這些特殊教室，沒看到半個學生。與內心不安的情緒揉雜在一起，我漸漸覺得就像走在廢棄的學校裡。做了個深呼吸後，我打開社會科資料室的門。

檀優里還沒有來。

社會科資料室的大小和一般教室一樣，雖然叫社會科資料室，裡面卻沒什麼社會科的相關教材。巨大的世界地圖捲軸、日本地圖、幾座地球儀、蒙上一層灰的百科全書，還有桌椅，這些東西雜亂地堆在教室角落，一副「留著沒用，丟了可惜」的待遇。如果站著等，感覺會因為不安而毫無意義地左右踱步，所以我拉出一把比較好拿的椅子坐下來。

檀優里遲遲沒有現身。

她說的都是騙我的嗎？或者是我記錯時間日期了？

午休開始後，已經過了二十分鐘。我沒悠哉到會去擔心沒時間吃午飯，但好幾次猶豫是不是該放棄繼續等下去。無謂地加速的心跳總算開始放慢速度時，檀優里開門了。

「等很久了？」

我立刻用ＬＩＮＥ傳訊息給八重樫：『她來了』，裝成是在滑手機打發時間的樣子，再將手機收進左邊的口袋。手機剛滑進口袋就震動了一下，是八重樫回覆『收到』。現在八重樫應該離開廁所隔間，開始前往社會科資料室前面了。

老實說，用不著錄影，我認為依靠我的體感和八重樫的目視，應該就足以掌握檀優里的能力了（因為對於即將殺害的對象，也沒必要隱瞞發動條件了），但為了萬無一失，我們還是決定錄影。因為也有可能就像我用安全別針在口袋裡刺自己一樣，她的能力也是以極細微的動作發動。即使是這種情況，如果當場有錄影，就可以日後再三播放驗證。

搬出劍聖宮本武藏和佐佐木小次郎在巖流島的決鬥，或許實在太自抬身價，但對方在我焦慮萬分、專注力即將耗盡時才現身，顯然比在我緊張到極點時出現更為棘手。

「遇到有點麻煩的事，遲遲無法脫身……抱歉。」

對於她的遲到，我是應該生氣，還是對她說沒關係？——我發現自己開始糾結於一些旁枝末節的問題，但為了掌握主導權，我直接切入正題。

「為什麼妳要把我叫到這裡來？」

「昨天我不是說了嗎？我要證明我的清白，要你向我道歉。」

「……才怪。」

「什麼意思？」

「妳打算殺了我吧？」

「原來你在擔心這個？」

她調侃地笑著，隨便搬了張椅子過來，安靜地在我對面坐下來。我反射性地想要拉開與她之間的距離，但用力按捺下來。遇到緊急情況，八重樫會衝進來救我。我用力絞動雙手手指，全神戒備她發動能力的那一刻。

「我的能力……」

她注視著窗外說。

「能夠誘導對象的精神，讓對方想要自殺，而且只有對象在附近時才能發動……這是你的猜測，對嗎？」

「事實上就是這樣吧？」

「我說過了，你大錯特錯。我是清白的。」

她說著，就像被頭頂看不見的風箏線拉扯般倏地起身，接著彷彿深受景色感動般，走近窗邊。她果然想要讓我從那道窗跳下去嗎？我戒備起來，卻發現了一件事。這間教室有陽台，就算我跳出這道窗戶，也只是掉到陽台上而已，別說摔死了，八成連擦傷都不會有。

她雙手扶在窗邊的桌子上，以踮腳尖的姿勢看著窗外。用不著定睛細看，也知道那裡沒什麼特別吸引人的事物，因為學校的西側面對一座小丘（不是臍丘，我們都稱它為熊手丘），這道窗戶看得到的，就只有無機的磚牆，以及未經修整、恣意叢生的綠意。別說人了，連動物都不會經過。

「你來一下這邊。」

我不打算移動。我還有些恐懼，也不想被她以為我是個會輕易聽從指示的人。然而她一招手，我的身體就半自動地站了起來，就彷彿她的手具備柔軟的引力，還是地板朝她傾斜？我一點一滴地被她拉扯起來，不知不覺間，已經站到她旁邊了。

「你看。」

雖然她這麼說，但眼前依然什麼都沒有，只有錯落堆疊的長方形磚塊而已。

磚塊縫隙各處鑽出虛弱無力的雜草，宛如對文明的抗議，但除此之外，沒有任何值得一書的地方。望向磚牆最頂端，是綠色的柵欄，還有柵欄另一頭的樹木。儘管如此，還是沒有什麼特別的。

「不是那邊，是這個。」

我低下頭，桌上擺著檀優里的手機。上面的ＡＰＰ界面我不熟悉，但大概看得出應該是ＩＧ。這是誰的帳號？我看到用戶名稱，差點嘔吐出來。

我完全搞錯了。

我怎麼會這麼蠢……

「八重……」我連忙住口，覺得不該喊出名字。思緒一片混亂，我轉向走廊大喊：「錯了！是山霧！去山霧那裡！」

檀優里伸手搭住我的肩膀，就像不願意我看別的地方，指示我再看一次手機上顯示的帳號「Kozue_Yamagiri」（山霧梢繪）。她滑了一下畫面，顯示讀取中的圓形記號轉了轉……接著出現一張新照片。

才剛上傳的風景照，與我眼前的這片景色極為酷似。上面拍到枯燥無味而無機的磚牆，不過比起我現在看到的景色……視點更高。

「快點……快點過去！」我盯著螢幕對八重樫大叫。「就在這裡……這裡的正上方！山霧在那裡……」

山霧梢繪上傳的照片附上文字。

『我在教室裡太大聲了。我需要接受調律。再見。』

「檀……妳……」

走廊傳來撞門般沉重的聲響。八重樫終於行動了吧，接著是朝樓梯狂奔的腳步聲。

「看前面。」

檀優里指向天花板……

我差點跌個四腳朝天。

一團巨大的黑影掠過我的眼前。我還以為那東西會撞破玻璃窗砸向我身上，但當然沒有發生這種事，那團影子被高速吸往地面。如果能相信那只是一個黑色的、沉甸甸的、單純的塑膠袋，不知道會有多幸福。但是不可能，因為我確實看見了。

看見在教室裡看過好幾次的褐色頭髮、飄逸的百褶裙。

沒聽見撞擊地面瞬間的聲音，是因為基本上本來就聽不到，還是因為我嚇壞了？我甩開檀優里的手，跑向出去陽台的門。指頭不聽使喚，試了好幾次都打不開鎖。當我踩著搖搖晃晃的腳步來到欄杆旁，整個人跪倒下去。

一個全身關節朝奇怪的地方彎折的女生倒在地上，一動不動。一片血泊……不可能看錯，就是山霧梢繪。

這一刻，就在我的眼前，她被殺了。

比起影子墜落時預測的地點，我覺得她的身體更往右偏。是我的心理作用，或是落地時身體因撞擊而彈跳，還是她的理智不願意放棄生命，讓她最後一刻在空中掙扎，稍微轉動了命運之舵？

「這下你就明白我不是兇手了吧？」

我雙膝跪地，仰望走出陽台的檀優里。

她處在逆光之中，臉化入了一片白茫。

「我甚至沒有靠近山霧梢繪。我在這裡跟你說話，我有明確的不在場證明。很可惜，看來……你的假說是錯的。而且燈花過世那一天，我請假沒來學校，根本就不在她附近。」

就像要配合只能失魂落魄的我，她慢慢地蹲了下來，接著溫柔地微笑，就像在鼓勵和同伴走散的可憐動物。

「謝謝你。八重樫卓一直在山霧梢繪的附近徘徊，礙事極了。我一直想方設法讓八重樫卓遠離她。多虧了你，我順利葬送了山霧梢繪。」

我吃力地張口，卻說不出半個字。

「如果我的推測正確，不會再有人死了。不會再有人想死了，校園會回歸和平。所以，我想在這裡算個總帳。妳就是兇手、是妳操縱他們的精神——我不想帶著這樣的嫌疑繼續度過剩下的校園生活。所以，你可以向我道歉嗎？」

連跪著都讓我難受，好想當場趴倒下去。

「『是我冤枉妳了。我錯了，我不會再懷疑妳，也不會再糾纏妳。對不起，請原諒我』——你可以這樣跟我說嗎？」

之所以拒絕，不是出於正義感。也不是渺小的虛榮，或弱者的逞強，而是因為我連挪動指頭一丁點的力氣都沒了。

「我知道你需要心理準備，所以我等你到暑假開始前。請你在放暑假前來找我，好好地向我道歉。還有，可以請你告訴你的同伴八重樫卓，叫他也不要再來煩我嗎？如果做不到，我想你……大概沒辦法在九月開學時回來上學，因為你應該會在開學前就**想死**了。」

心臟猛地重抽了一下，就好像它噤了一口唾液，幾乎發痛。

「你不會為了教室而受到『調律』，也不是必要的祭品，就只會單純地想死。懂嗎？如果能夠，我也想和你一起畢業，往後也想跟你保持適當的距離。所以拜託囉，我等你來道歉。再見。」

她離開社會科資料室，不知道消失到哪裡去了。

上方傳來八重樫的咆哮。

13

霏霏細雨，就宛如連天空都在為故人之死哀悼。

應該沒有人有閒情逸致說這種風雅的話，但事實上山霧梢繪的守靈儀式全程都在雨中度過。守靈和告別式，好像只需要參加其中一邊，但告別式和上課時間重疊，因此參加守靈比較實際。穿制服到場就行了。燒香的規矩，基本上先是合掌膜拜——沒有任何一個同學不知所措，因為令人悲傷的是，我們都已經太熟悉葬禮了。

小早川燈花那時候，因為我們不同班，我沒有參加，但全班相約一起去的村嶋龍也和高井健友的守靈儀式，我也參加了，知道流程步驟。

園川語帶炫耀地說山霧梢繪家信的是淨土真宗，所以誦經內容應該和之前的兩人不同，但我當成耳邊風，連應聲都懶。聽起來有些呆笨的木魚聲和誦經聲實際響起之後，葬儀會場更是沉浸在淚聲之中。髮色和女兒一樣明亮的山霧梢繪的母親嚎啕大哭，聲音大到令人擔心會不會被師父制止。父親放在膝上的拳頭握得死緊。至於山霧梢繪的男友森內仁，都輪到他上前燒香了，卻走得一步慢似一步，讓人懷疑他是不是腰腿出了問題。他手中握著我之前在山霧梢繪的書包上看到的鑰匙圈吊飾。

守靈儀式結束後的餐飲招待，班導預先向家屬告知學生都不會參加。該如何應對家屬，班導也變得熟門熟路了。我們待誦經結束，便魚貫離開殯儀館。學生們的塑膠傘就像一朵朵悲傷的繡球花，在夜晚的街道上無依地款擺著。

山霧梢繪跳樓之後，警方立刻趕到，我和檀優里因為是目擊墜樓瞬間的重要關係人，被要求說明當時的狀況。我不知道檀優里是不是享受那種情境的虐待狂，但總之她從頭到尾都不肯開口，結果必然地搞得從頭到尾都是我一個人說明。殺死山霧梢繪的兇手就坐在我旁邊，但面對警方，我又不能扯一些蹩腳的謊。若是如實陳述，以結果來說，只會證明檀優里的清白，以及山霧梢繪的確是自殺。我實在太無力了。

「……垣內。」

八重樫站在我旁邊。

「她說的是真的。」

「什麼事是真的？」

「燈花上吊那一天，那個臭女人——檀優里她請假沒有到校。B班的點名簿紀錄是這樣沒錯，我問了竹崎，他也說她真的沒來……燈花上吊的時候，她真的不在燈花附近。」

「……這樣啊。」

「如果我……我再更機警一點的話……」

不，是我不好。不對，是我的疏忽。不，是我。不，就是我的錯——爭執了半天，我們筋疲力竭，不再繼續爭下去了。我逃避地轉移視線，發現一個意外的身影。是美月。

她一邊走，一邊用雨傘遮著臉，彷彿羞於被人看見。是不是應該對她說些什麼？我尋思了一陣，但最後也想累了，什麼都無法思考了。取而代之，我想到了一個可能性。但我沒有力氣去驗證這件事，也不覺得有刻意詢問的必要。

檀優里說這樣就結束了……但前提是我要向她道歉。

她說，她不是要把A、B班殺到只剩一個人，而是殺到班上變成一個人。她這話的意思，以及真正的目的，我無法完全理解。但如果她願意就此罷手，表示她的願望已經達成了吧。

既然如此，我向她道歉，讓一切落幕，才是最好的做法。

檀優里不會再殺害任何人。我應該要保護的山霧梢繪喪命了。我沒有更多的奢求，而檀優里想要的，是我毫無價值、微不足道的道歉。那麼，滿足她就是了。等期末考結束，就去向她道歉吧。反正我也沒那種志氣，會想什麼打死也不要向她下跪，或即使走投無路也要在最後奮力一搏。我應該已經夠拚命了，八重樫應該也會認同。

冷靜下來想想，應該輕易就可以明白，在毫無線索的狀態下，根本不可能識破對方的能力或者發動條件。我們就讀的北楓高中，學力偏差值[4]約是五十後半，就算用最寬鬆的標準看待，我也屬於這其中偏下的一群。這樣的我，怎麼有可能扭轉乾坤？

學校又召開全校集會了。校長因為過於悲痛，似乎終於什麼話都說不出來，連五分鐘都說不到就下台了。副校長接著上台，只平淡地傳達了注意事項：一定要珍惜自己的生命；接下來將會進行個別心理輔導，有任何煩惱，都要盡情抒發；所有的空教室原則上禁止進入，所有的窗戶及通往頂樓的門會徹底上鎖；上下學途中，遇到媒體訪問，也絕對不可以回應。

校長和副校長知道「繼承人」的存在嗎？姑且不論副校長，岸谷校長應該是這所學校的創辦人岸谷亮兼的後代，他是不是至少知道個大概？他知道，但視為無稽之談——應該是這樣吧？我任意作出結論。

教室一片沉默。這形容並不誇張。

真的沒有半個人吭聲。

有句話說「事無三不成」，但發生第四起自殺，更是壓垮駱駝的最後一根稻草。所有的學生的預感及疑惑，全都轉化成確信與恐懼。應該沒有人懷疑這是他殺，但已經鋪陳出足以讓人相信某種怪力亂神之事的基礎了。小早川燈花身亡、村嶋龍也過世、高井健友喪命，連山霧梢繪都死了。就連像以前的我那樣相信遺書內容只是流言的學生，看到以ＩＧ貼文這種任何人都能看到的形式公開的內容，也不得不信了。山霧梢繪的帳號現在還是看得到，她最後的貼文當然也沒有刪除。

『我在教室裡太大聲了。我需要接受調律。再見。』

如果在教室裡吵鬧，搞不好自己也會……

不不不，這太扯了……

或許會這樣想，然而事實上真的死了四個人，在這種狀況下，到底誰還有

4 譯註：偏差值是日本用來反映學生學力的指標數值，排名位於中間的學生，偏差值即是五十，偏差值越高，排名越前面。

勇氣在教室裡出聲？

每次下課都會聚在一起的佐伯茉凜、仁科萌香還有林未來；毫不顧忌他人，恣意大笑，就好像相信全世界就只有他們自己的赤西、郡山和八重樫；就算沒有他們這麼吵，每次下課都一定會圍在一起嘰嘰呱呱的三個管樂隊女生；老是在翻田徑雜誌交換意見的田徑隊男生；窸窣討論下巴尖得詭異的動畫角色和聲優的一群女生。

無一例外，甚至沒有一個人起身離席。

終於有人站起來，結果只是去廁所回來。就算有學生悄聲交談，也沒有半個人做出更張揚的行動。

原來是這樣！——我差點驚呼出來。

班上徹底——**變成孤立的一個人**了。

好巧不巧，今天是星期五，但每個人都已經毫不懷疑了。放學時間一到，同學們便理所當然地一個個走出教室。就像猛地被壓扁的游泳圈吹嘴漏出空氣一般，一個接著一個，不斷地往走廊消失。幾名B班學生跑來探查我們教室，但立刻看出狀況，折返回去。班導用一種遺憾但無可奈何的表情看著這一連串光景。

沒多久，連班導都離開了。

我並不是要力抗潮流，但完全被震懾的我，結果坐在原地動彈不得。教室裡只剩下五人左右時，園川走了過來。他假惺惺地躡手躡腳靠近我，刻意嘟起嘴唇，壓抑興奮，聲音也和嘴巴的尺寸呈正比，小小聲地說道：

「哎呀呀呀，真是奇蹟啊，沒想到『猴子祭』就這樣……」

我默不作聲，他又說道：

「我跟阿張在說要一起去本座那裡玩，垣內，你要不要一起？我們還沒決定要去玩什麼，但機會難得，就盡情瘋一下……」

「……我不用了。」

「啊，這樣嗎？好吧，下星期也可以，下次一定要一起去啊，以後一定每星期都可以去玩了。話說回來，這真的是天上掉下來的禮物啊！雖然不敢大聲說，不過一定是有哪個正義使者，用了神秘的力量什麼的，把那個煩人的……」

「閉嘴。」

「……嗯？咦？」

「不要再說了。」

氣氛變得比想像中更僵，我嘆了一口氣，為自己嗆人的口氣道歉。我再次說明總之我今天不能跟他們去玩，等待園川和張本離開教室。園川突然害怕地放軟了身段，不停地說「歹勢啦」。

兩人走出教室後，剛好經過走廊的一名女學生停下了腳步，轉頭看著我。要道歉的話，現在也可以喔。檀優里片刻間面露冷笑，等我行動。但我沒有動。我並非刻意反抗，也不是在等她向我說話，我只是徹底被打垮了。不管是心靈還是身體，沒有一樣聽我使喚。很快地，她察覺我不會有任何行動，靜靜地邁出步伐。

不知不覺間，教室裡只剩下我和八重樫兩個人。

「……怎麼會這樣？」

八重樫整個人憑靠在椅背上，盯著天花板的螢光燈說。他好像沒發現剛才檀優里經過走廊。

「要怎麼做，垣內？」

「……怎麼做？」

「被逼到這種狗屎般的狀況，總不能就這樣被踩在腳底吧？一定要徹底揭穿那個臭女人的能力，讓她付出代價，讓這個班再次振作起來，繼續辦娛樂企劃，否則死去的同學……」

「她說……」我打斷八重樫。「她不會再殺人了。」

「……那又怎樣？」

「已經結束了，已經沒有我們能做的事了。只要我向她道歉，一切就結束了。」

「……道歉？」

「她叫我為懷疑她道歉。只要我道歉，她就不會再殺任何人。」

「……就算是這樣，你真的要去跟那個女的道歉？」

「只能這麼做了。」

「不是……不對啊，這太沒道理了。你能接受嗎？向那個臭女人低頭，你一點都不覺得怎樣嗎？你也無法原諒她做的事，才會跟我一起想辦法吧？不是嗎？」

「……已經沒有我們能做的事了。很遺憾，這是事實。」

八重樫霍地起身。動作太大，椅子像保齡球瓶一樣彈起來翻倒，發出巨大的聲響。他整個人前傾逼近我威嚇，但似乎醒悟到自己並沒有任何有效的反駁說詞。不管再怎麼怒氣沖沖，我們依然無計可施。

除非知道檀優里的能力，否則無法阻止她逞兇。但我們已經知道，憑我們的力量，幾乎不可能查出她的能力。如果豁出去使用暴力手段，淪為犯罪者的會是我們，而且如今也已經沒有查出能力的必要了，因為檀說她不會再殺害任何人了。

「可是……」

八重樫握拳說。

「你也不想要班上變成這樣吧？」

八重樫的口吻，就像在努力刮除黏附在容器底部的污垢，讓我感到一股莫名的懷念。我不合時宜地開始回想是誰在哪裡說過這話，很快就想到了。

是已經過世的高井健友對我說的。

「垣垣你也不想要班上冷冷清清的吧？」

他真的很會裝熟。我們國中、小學的時候認識嗎？還是小時候一起上過才藝班？他對我的態度實在太親熱了，害我忍不住認真回想起來。想來想去還是沒錯，我們是第一次見面。

和B班一起辦娛樂企劃怎麼樣？在班級晨會第一個提議的，應該也是村嶋龍也吧？我無法正確回想出來。贊成的人請舉手！包括我在內，班上有過半數的學生都沒有舉手。高井健友見狀，搖著綁髮髻的頭大喊。

「天哪天哪不會吧～」

接下來他大聲疾呼沒有不辦的道理，比手畫腳地表現實現娛樂企劃的話，到時候每一天會變得多麼地多彩多姿。他的演說意外地長，因此決定放學後再次舉行投票。每一節下課，高井健友都大力遊說反對的學生。令我真心感動的是，才四月剛開學不久，他卻已經記得班上每一個同學的名字了。但他這人不知為何，好像就是沒辦法正經地叫對方的本名，擅自替每個人都取了綽號。

第三節剛下課，他就跑來找我了。

我還沒遲鈍到不曉得「垣垣」是在叫誰，但他實在是太不客氣、太親暱了，害我一再張望確認：他真的是在叫我嗎？直到他拍了我的肩膀，我才總算確定。

「垣垣，放學的時候舉手支持一下啦。娛樂活動絕對會超好玩的，跟你說真的啦，我保證，絕對！」

我沒有同意也沒有否定，態度模糊，他便再次開口。

「哎唷垣垣，你這樣不行啦，不舉手還算男子漢嗎？來嘛！一起打造理想的班級，理想的高中生活嘛！」

「……是嗎？」

「垣垣你也不想要班上冷冷清清的吧？」

見我窮於回答，他拍了一下手問道。用力拍手，製造響亮的聲音，似乎是他的習慣。

「好，那我換個問題。垣垣你也不喜歡孤孤單單一個人吧？」

如果是村嶋龍也或八重樫問我，或許我也會配合地說「確實不喜歡」。但高井健友讓我覺得多少有一些回擊的空隙。

「或許我比較喜歡一個人。」

高井健友雙手指著我，好半晌就這樣定格了。

好一會兒後，他吵鬧起來，「少來啦少來啦～總之，放學投票要舉手喔。拜託了，垣垣！」

從我身邊離開後，他又繼續去說服其他反對的學生。他的遊說活動成果斐然，放學後的班會上，班長說「贊成的人請舉手」的瞬間，數量驚人的手紛紛舉起，沒舉手的學生見狀，害怕成為少數，也連忙跟著舉手。我的手應該是倒數第二個舉起來的，高井健友比出勝利手勢，開心極了。

娛樂企劃展開，班級朝他們理想的樣貌邁進。

現在，在我面前，八重樫也提出了類似的問題——

「你也不想要班上變成這樣吧？」

我將高井健友的身影重疊在他身上，再次回想當時我應該怎麼回答。煩惱之後，我總算給出的答案是——

「我不知道。」

回家一看，我整個迷惑了。家裡沒半個人。

我沒有撞到任何人，順暢地走到貼在冰箱上的月曆前，確定家人的活動行程。父親當然是去上班了，母親每星期五好像都去文化教室學編織，妹妹去上游泳課，弟弟好像社團活動要到很晚，哥哥去打工。原來星期五下午家裡都沒人嗎？原來冰箱的聲音這麼吵嗎？我第一次發現這些事，靈機一動，決定在客廳念書準備期末考。

和兒童房的書桌不同，客廳的桌子很大，可以攤開三本參考書。拿著自動筆沙沙寫字，不知不覺間兩小時過去了。就像在美月家那樣，我強烈地意識到時鐘秒針的聲響，我放下筆，流下淚來。

淚水好一陣子都止不住。但不管再怎麼哭，都沒有人來問我哭泣的理由，或是探頭看看我、調侃笑我。這是當然的，因為我只有一個人。這件事讓淚水再次泉湧而出。

14

「每次看到這種報導我都會想，校長根本什麼都不知道吧？」

休息室的電視機裡，我們的校長低著頭躲避閃光燈攻擊。過去只有網路新聞以都市傳說的筆調報導三名學生的自殺，但現在又有第四名學生自殺，社會大眾再也無法坐視不理了。但電視新聞沒有報導所有遺書的文字一模一樣等資訊，似乎徹頭徹尾想要強調這是校長等教育現場人員的疏失。

一定有霸凌情事，承認吧！

媒體如此暗示施壓的提問攻勢，對我來說真是錯得離譜。沒有霸凌情事，他們每一個都是開朗活潑的學生，是班級的中心人物。不管校長再怎麼據實以告，媒體仍緊咬不放：不可能！在全校集會上表現得那麼沉痛的校長成為眾矢之的，讓我看了也心痛不已。雖然我對校長認識不深，但他一定不是壞人。

「一定發生了很嚴重的霸凌吧？要不然怎麼可能會有這麼多學生自殺？四個耶。」

珍奶店的典子雖然知道自殺發生在我就讀的高中，但不清楚四名學生裡面有三名是我們班上的同學。我不想提出來讓氣氛變僵，因此暫時保密。

我想過要指正「沒有霸凌」，但又想「真的能說沒有嗎？」而打消了念頭。到底誰才是真的加害者，誰又是真的被害者，我到現在都還難以釐清。

「學校真的是垃圾。」

典子眼睛盯著電視，拆開進休息室之後的第二包雷神巧克力。

「尤其是高中，打死我都不想再回去。」

「……妳在學校有什麼不好的回憶嗎？」

「全是不好的回憶。」

「什麼？」

「全部！都是不好的回憶。」

我一直以為典子不管處在任何環境，都是笑臉迎人、樂觀活潑的人，因此感到很意外。

「學校裡不是有那個嗎？學生之間還分什麼階級，超可笑的。」

她身上那件就像從年經人的時尚聖地原宿弄來的流行繽紛圍裙，看上去好似罩上了一層灰影。

「當時我真的很認真地在想：這到底是在搞什麼？後來我想通了，其實在階級裡面，沒有『下層』，只有『上層』而已。然後我們只是被扯進『上層』的人擅自玩起來的『富國強兵遊戲』，目的是把『軍事力』極大化。」

「……富國強兵遊戲？」

「軍事力或許可以代換為『暴力』，不過這不是指力氣更大，或是真的動手打人，重要的是在關鍵時刻，可以展現『我們比你強』的能力，所以還是叫『軍事力』比較貼切。」

我掌握不到她的重點，決定暫時別插口。

「想要待在『上層』的人，為了建立起讓自己的意見容易通過、過得更舒服的教室環境，努力打造出名為團體的『國家』。一個所有人都會臣服的強大國家——這就是富國強兵遊戲。關鍵是能夠壓制整間教室的壓倒性軍事力。

「那，問題是教室裡的軍事力究竟是什麼？說穿了其實就是『暴力』。暴力也有很多種，首先就是力氣對吧？身強力壯的男生，光是這樣就能威脅對方。被這樣的男生說『我揍你喔』，任誰都會被嚇得乖乖聽話，所以這樣的男生可以待在『上層』——可是不管力氣再怎麼大，『遜咖』的男生還是無法加入『上層』的，因為會沒辦法跟女生圈子交流。男生天性就是會追求女生，因為要讓國家富強，生殖是不可或缺的，而且如果不把女生加進來，就沒辦法維持軍事力必要的『數量』。如此一來，想要維持『上層』地位的男生，就無可避免必須注意打扮。渾身汗臭、土裡土氣的空手道社社長，才沒有女生會圍上來尖叫。一樣是運動，如果能夠的話，最好是帥氣、可以威懾對方的豪爽運動——能夠直接與軍事力連結的運動。比起桌球，棒球更好；比起羽毛球，足球更好；比起排球，有肢體接觸的籃球更好。又強又帥、聲音大的男生會成為『上層』，以建立強大的帝國為目標。

「另一方面，希望自己的意見被執行——以打進『上層』為目標的女生，一樣需要男生。理由就跟男生一樣，就算打造出只有女生的國家，也無法繁榮、繁殖。而且遺憾的是，女生不管力氣再怎麼大，還是比不過男生，所以需要在力氣方面最強的男生集團當女生的保鏢，彌補這部分的弱點。因此女生追求的形象，必然就不是肌肉發達的摔角選手，而是可愛的偶像。只有可愛、漂亮、讓人想要保護的美人胚子，男生才會保護。穿著打扮當然必須注重，由於沒辦法靠力氣往上爬，比起男生，天生麗質就更來得重要太多了。不過必須留意的是，『變成鶴立雞群的漂亮女生，跟男生打交道』是禁忌。出類拔萃的人，會被視為引發叛亂的危險分子，從女生圈子被徹底排除出去——朋友減少，支持自己意見的人就會減少，結果地位就會下降，這是絕對要避免的。所以女生自己首先必須形成一個團結的圈子，為了引起最出鋒頭的男生圈子注意，在穿著打扮下工夫，像是醜八怪，還有像我這樣的肥豬會第一個被踢出去。

「有趣的是，不管是長得帥、運動細胞好的男生，還是人美心美的女生，還是擁有出眾的男女朋友，如果沒有想要往上爬，或者參加富國強兵遊戲的意願，就會被認定是『下層』——唔，這不重要。

「總之，男生最大的派系和女生最大的派系會彼此吸引，自然而然地聯手。等雙方聯手之後，就再也沒有人敢批評他們，因為要是跟他們作對，就別想在學校混下去了。不光是可能會被揍這種簡單明瞭的暴力，還伴隨著可能被大多數學生排擠、辱罵的危險，這種隱形的恐懼就是『軍事力』。它是『暴力』、是『數量』、是『階級』、是『核子彈』。無法加入國家的學生——或根本不想加入國家的學生——只能在教室裡屏息斂氣，或成為上頭的國家的屬國。沒有人能把舵從他們的手中搶過來，他們獨占教室裡一切的資源，對『下層』植入一輩子都不會消失的、如刺青般強烈的自卑感。」

「一輩子都不會消失嗎？」

我終於插口，典子哈哈大笑，就好像想起她是在跟我對話。她說著「我太嘮叨了」，目光從電視機轉開，用搞笑的口吻說道：

「看我，機關槍似地說個不停，怎麼看那創傷都沒有消失吧？」

一如往例，回程的電車擠得像沙丁魚罐頭。終於被釋放到月台時，衣服也已經吸滿了別人的汗味，噁心極了。

我怎麼樣都不想立刻回家，繞進路上的小公園，在長椅坐下來。看到自動販賣機，買了碳酸飲料。我以為可以一鼓作氣喝光，然而實際就口，卻一口就膩了。種種事情都讓我厭煩，我嘆了口灰色的氣。不經意地望向玩沙區，有一座小山，可能是小孩子完成後丟在那裡的。它讓我驀地想起了「金字塔」一詞，與典子剛才告訴我的內容摻混在一起，最後引出了檀優里在臍丘上告訴我的盧梭的思想。

——社會制度一旦建立，就必然會出現不平等，除非採取某些補救措施，否則不平等只會不斷地擴大。最後會形成一個金字塔結構，「君王」就是它至高無上的頂點。

書名我實在記不得了，我只記得不是社會契約論，但想不出更多的線索。

我盯著玩沙區的小山，想像村嶋龍也站在巔峰的模樣。在他身邊，小早川燈花、高井健友、八重樫和美月那些學生一起君臨該處。借用典子的話，他們是富國強兵遊戲的參加者，他們隨心所欲地操縱教室、寡占資源。或許確實就像典子說的。

我不知道岸谷亮兼是出於什麼樣的想法，製造出這些「繼承人」的能力，但這種能力，真的會希望落入如此偏執的人們手中嗎？八重樫說，我的能力的前任者是村嶋龍也。村嶋龍也毫無疑問，是A班的頂尖人物。八重樫也是金字塔上層的人，而且他說他的能力是在足球隊裡世代傳承。另一個能力也是在棒球隊一代傳一代，現在由三年級的隊長佐古持有。

金字塔頂端的人恣意操弄能力，「下層」的學生根本就不知道能力的存在，這是上層者不折不扣的財富寡占。

對於必然而生的不平等，以及以君王為頂點的金字塔結構，我真想死心認命地送上掌聲，然而就在這時，我終於撞上了理應早該感覺到的違和感——不，或許我內心早就隱隱察覺，卻刻意不去思考：或許也是有這種情形的。但我無法再繼續忽視這種違和感，強硬前進。因為這顯然太說不過去了。

假設村嶋龍也是從籃球隊的學長那裡繼承能力的，而我因為村嶋死亡，隨機地得到了這種能力，而八重樫說，他的能力是從足球隊學長那裡繼承的。

那麼，檀優里的能力是從哪裡來的？

她看起來沒有朋友，也沒有加入社團——和學長姊應該沒有交流。這寶貴的「財富」，怎麼會脫離了「國家」的管理？

直面這個違和感，便必然地出現一個巨大的可能性。宛如工程現場影像快轉，地基一眨眼就打好，鷹架搭起、骨架形成、外牆與內牆完成，一個假說就像巨塔般，聳立在我的心胸。

原來如此，為什麼我沒有更早發現——

我往前衝去，掰開玄關門。「你回來了，怎麼這麼晚？」「開門小力一點啦」「阿友剪刀哪裡去了」——我對蜂擁而來的聲音用一句「抱歉，現在沒空」擋回去，從書包挖出那封信，然後直接衝進廁所鎖上門。坐到馬桶上，打開信紙，目不轉睛地細讀每一字每一句。

畢業的時候，一定要把能力傳承給下一個學生。

5. 畢業時，您必須從包括新生在內的在校生當中選出下一名「繼承人」。

檀優里應該不符合這個模式，那麼她就是和我一樣，是從正規管道以外獲得能力的。「繼承人」是由前任以外的人指定的可能性有三種，首先是規則六與八。

6. 若未選出就畢業，將會從一年級新生當中亂數選出新的「繼承人」。

8. 被說中能力等導致能力失效的情況，下一名「繼承人」會從三年後的一年級新生當中亂數選出……

假設檀優里擁有的「精神誘導」能力是前任因為某些理由，沒有指名下一任「繼承人」就畢業，或犯了某些疏失，被人識破能力，結果導致當時是一年級新生的檀優里被亂數選上，這個可能性從理論來說並非零。不過這不可能，我可以斷定。

因為檀優里是從今年五月底才開始下手行兇的，如果她早就得到能力，代表她在長達一年又兩個月的時間內，沒有發動能力，也沒有殺人，一直在忍受著這個令她不滿的環境。然後她終於動手行兇，就像洪水決堤般，一口氣連續殺了四個人。假設她從一年級的時候就擁有能力，會執行如此不平衡的殺人計畫嗎？我認為絕對不會。會在短時間內大開殺戒的人，不可能默默忍耐超過一年。如果她對娛樂企劃感到不滿，大可以在一升上二年級的時候就執行殺人計畫。不管怎麼樣，從這個假說來推論，她有些忍耐得太久了。

那麼剩下的可能性就只有一個。符合的情況是規則七。

7.若「繼承人」死亡，上代「繼承人」必須再次從在校生當中選出「繼承人」。

就如同我被指名的情況，由於「繼承人」死亡，檀優里從再前一任的「繼承人」那裡，以近乎隨機的方式被指名了。這封信也描述了指名我的狀況：

恕我冒昧，其實我只是翻開在校生名冊，隨意再度指名，因此我並不清楚您是個怎樣的人。我祈禱您具備健全的心智，能夠將能力運用在謀求校園和平及學生幸福上。

只有這個可能了。不過到這裡都不怎麼重要，只是揭露了檀優里獲得能力的經緯而已。

問題是，若採用這個假說，四人的自殺便必然會呈現出全新的樣貌。

之所以這麼說，是因為四人是被檀優里的能力逼上絕路，與四人當中的某人死去，導致檀優里獲得能力，這兩個事實是完全矛盾的。如果沒有人死，檀優里就無法得到能力，但檀優里沒有這份能力，他們也不會自殺。倘若兩邊都可以成立，邏輯導出的解答就只有一個。

只有第一個自殺的小早川燈花是**如假包換的自殺**，與能力和檀優里都沒有關係。

然後小早川燈花是「繼承人」，因此檀優里被再前一任點名替補。得到能力的檀優里布置成她殺害了包括小早川燈花在內的四人，但實際上她殺害的，只有村嶋龍也之後的三人。

只要識破小早川燈花的死是唯一真正的自殺，原本覺得有些蹊蹺的地方，就成了一點都不奇怪、天經地義的事實。小早川燈花會在檀優里的能力影響不到的校外預先買好自殺用的繩索，也是理所當然；當天檀優里沒來上學，也不是什麼會影響自殺的要素了。

愈想愈令人茅塞頓開。村嶋龍也趁著齋藤直樹離開的空檔，從視聽教室的窗戶跳樓身亡；高井健友當著行政人員箕輪小姐的面，從空教室的陽台跳下去；山霧梢繪從我們所在的社會科資料室正上方，一樣從四樓窗戶跳樓了。大家都選擇了跳樓自殺，卻只有第一個死去的小早川燈花選擇上吊。只要稍微俯瞰全貌，只有她的死亡迥然不同。

如此一來，便浮出了一個事實。我是不是可以這麼斷定？

檀優里只能用**跳樓**的方式殺人。

我還不能作出任何結論。

但我確實快要看出某些端倪了。

15

發生在教室裡的學生霸凌，校長不可能掌握真實狀況。

這麼想的似乎不只有典子而已。部分輿論要求班導才是應該出面詳細說明的人，我們的班導河村老師因此為了應付媒體而疲於奔命。不到一小時的記者會不斷地在電視上重播，聽說媒體已經連續好幾天堵在班導家門口。負面的報導手法，讓河村老師的形象成了一個默認霸凌發生的失職老師，而不是纖細溫柔的好老師。

因此我早就預期老師應該會以忙碌為由拒絕我，但我沒有其他可以求助的管道，還是只能找他。

「我不是在胡鬧，也不是隨口說說，我是真心對三個同學的自殺存疑。可以請老師陪我去現場看看嗎？」

為了再次好好釐清檀優里的能力，我無論如何都必須對村嶋龍也、高井健友和山霧梢繪的殺害現場徹底檢驗一番。但山霧梢繪自殺後，所有的教室門窗都徹底鎖上，沒有教師陪同，甚至無法進入。

「抱歉……老師現在有點忙。」

這不出意料的反應令我失望，但總覺得也不是完全沒有指望。若是透過與班導關係良好的八重樫拜託，或許有希望——我懷著這樣的算計，再次帶著八重樫去求老師。

「好吧……放學後我陪你們去。」

高大的八重樫深深鞠躬拜託的身影，力量甚至可以撼動高山。

這天放學後，星期二足球隊剛好不用練習的八重樫也加入，我們三個開始檢查現場。我把只有小早川燈花是真的自殺的假說事先告訴八重樫，他也認同值得深入研究。

我們打算依自殺的順序前往現場。小早川燈花上吊的廁所不用說，直接跳過，前往村嶋龍也跳樓的視聽教室。視聽教室的地點在新大樓四樓，位於U字形校舍的左下轉角位置。村嶋龍也從這裡的窗戶，朝著位在西邊的熊手丘的方向跳下去。

整理當時的狀況，齋藤直樹經過走廊要去職員室，結果目擊到檀優里正在敲視聽教室的門。她對齋藤直樹說了類似「村嶋想要尋死，幫忙阻止他」的話。齋藤直樹從視聽教室門上的小窗往裡面看，村嶋龍也確實在教室裡。他坐在椅子上，正在寫遺書。

我決定實際從視聽教室的門上小窗看進去。當然，裡面沒有人，但可以想像出村嶋龍也坐在那裡的景象。

齋藤直樹敲門，叫村嶋龍也恢復理智。結果村嶋龍也站起來，向齋藤直樹深深行了個禮。這時齋藤直樹轉動門把，發現門確實是鎖上的。

我也試著轉動門把，和當時一樣鎖著。門文風不動，門鎖也沒那麼脆弱，可以用暴力撞開。

齋藤直樹看到村嶋龍也的臉色極不尋常，決定去拿鑰匙，留下檀優里跑向職員室。他說他全力衝刺，所以來回不到兩分鐘，但感覺有必要實驗一下。

我們決定叫八重樫實際衝去職員室，由我用手機計時。八重樫就要開跑，班導好像有點被我們的鄭重其事嚇到。

「……你們檢驗得也太認真了。」

八重樫凌厲地看向班導，「我們說過了，我們是認真的。」

「……唔，也是啦，同學自殺，這教人無法相信嘛。」班導就像對故人說話似地喃喃道，眼神變得有些遙遠，「你們認為這一連串自殺，其實全都是他殺嗎？」

八重樫難以啟齒，我替他回答：「……沒錯。」

「這樣啊。」班導人靠到牆上，長長地吁了一口氣。「完全沒發現學生內心黑暗面的糊塗老師，和毫無危機管理能力，任由四名學生連續遇害的老師，哪一邊的罪責比較輕？」

我傻掉了。你要讓我們多失望才夠？——然而我們這樣的嫌惡一轉眼就煙消雲散了，因為班導抹去了無聲滑下臉頰的淚水。

「兩邊都差勁透頂呢。哎呀，真糟糕。」

嘴上說得輕巧，班導的語氣卻沉重到不行。

「我一直是個長跑選手，說起來是一直在跟自我戰鬥，也只要跟自己戰鬥就行了。然後長大出社會，突然要我像這樣照顧將近四十個高中生，才發現自己居然完全看不出任何人的內心感受——啊，我每天都活在絕望當中。」

八重樫嘆了一口氣，我咬住下唇。

「與人相處真是難哪。」

我覺得這個時候，我第一次把班導視為我的長輩，認同他是我人生的前輩。我不可能輕率地說什麼「我能理解」，只是微微低下頭。

「我會幫你們，直到你們滿意為止。跑去職員室再回來就行了嗎？」

「……不，」八重樫搖頭。「我去，老師在這裡等就好……」

「沒關係啦，我是老師，就算一路跑到職員室去，應該也不會有人罵我。不過可別整我，讓我回來的時候發現這裡空無一人啊。」

班導用遠比我們預期的更認真的態度朝職員室衝刺。來回一趟，時間是兩分十三秒。

齋藤直樹拿鑰匙回來的時候，村嶋龍也已經從視聽教室消失了。齋藤直樹確實開了門鎖入內，看到窗簾外墜樓的村嶋龍也的屍體，以及桌上的遺書。

換句話說，檀優里在這兩分十三秒之間，把村嶋龍也從窗戶推下去了。雖然疑點重重，但整理之後，大致上有三個問題——

首先，檀優里是怎麼讓村嶋龍也寫下遺書的？再來，她是怎麼把人推下去的？三，她是怎麼突破這個密室的？

「還是只能說她有從門外進行精神誘導的能力吧。」八重樫用班導聽不見的音量說。「否則她沒辦法操縱阿龍寫遺書，也無法製造密室。有太多說不通的地方。」

有道理。可是若是那樣，刻意叫住齋藤直樹，要他當證人，未免太奇妙了。有什麼必要這樣做？其實那是可以輕易破解的密室，想要一個證人來誤認密室無法輕易打開嗎？無論如何，都一定是想要齋藤直樹來擔任某種證人。

我再次轉動門把。因為有縫隙，多少可以轉動，但只是製造出喀嚓聲響，沒有更進一步的進展。

「你想進去嗎？」班導說著，從口袋裡掏出鑰匙。

我說不是，但看到鑰匙，想到一件事——

「老師覺得當天視聽教室是鎖起來的嗎？」

「唔……我覺得應該沒鎖。因為基本上教室是自由進出的，裡面又沒有什麼昂貴的器材，也沒有危險，所以村嶋也才能輕易進去。要是從裡面上鎖，除非去職員室拿鑰匙，否則沒辦法打開。」

「除了職員室以外，還有沒有其他鑰匙可以打開視聽教室？」

「沒有吧……嗯，沒有。基本上鑰匙都收在職員室統一管理，除了游泳池的鑰匙以外，其他鑰匙都得去職員室借。」

「只有游泳池不一樣嗎？」

「游泳池的鑰匙放在社團大樓的管理室，以前有游泳社的時候都放在那裡。不過這麼一說，這樣不太好呢。」

因為漸漸偏題了，我重新整理要點。基本上視聽教室不會上鎖，任何人都可以自由進出，村嶋龍也和檀優里都可以任意進入裡面。可是因為沒有鑰匙，如果想要鎖門，必須從室內轉動門把上的旋鈕。室內只有村嶋龍也一個人，所以視為是他把自己關起來的才合理。

但不能只想著合理。

因為我們要對付的是「繼承人」。

「『自由開關門鎖的能力』？不可能嗎……」八重樫自言自語地說。

確實，如果是這種能力，就可以趁齋藤直樹前往職員室的時候輕易闖進去了，也可以輕易把門再鎖回來。只要行動得宜，或許可以在兩分十三秒的時間內，把村嶋龍也推出窗外。但這種能力無法讓村嶋龍也寫下遺書。為何村嶋龍也必須臉色蒼白地寫下遺書，向齋藤直樹深深行禮？

我小聲說「應該不是那種能力」，班導則從旁插嘴。

「難道，你們在思考密室的問題？」

「……唔，這也要考慮一下。」

「我不曉得你們對這個問題有多煩惱，不過只是把人關進裡面的話，是輕而易舉的喔。」

我們兩個聞言都呆住了。

「拿個東西卡住旋鈕，從外面拉扯就行了。」

「旋鈕？」

「等我一下。」

幾分鐘後班導回來，手上拿著雙面膠帶和打包用的細塑膠繩。他先把門打開，把用來鎖門的扁平那一顆——這好像就是旋鈕——貼上雙面膠帶，然後接上塑膠繩，拿著繩索出來走廊，把門關上。

「像這樣。」

班導慢慢地拉繩，傳出一道沉重的「鏘」聲。再用力扯動繩索，雙面膠帶連同繩索，完全被拉了出來。

「只要收回繩索，就不會留下證據。這種門縫很大的門，只要有心，隨便都能鎖上。」

「……老師怎麼會知道這種事啦？」

「只要讀推理小說，總會知道一、兩個這類詭計啊。」

「原來老師會讀推理小說？」

「唔，對真正的推理小說迷來說，或許我只是個不入流的讀者吧，不過經典作品大多都看過。本格推理很棒喔，如果你們有興趣，想看什麼我都可以借你們。」

從各種意義來說，或許班導是對抗檀優里的不二人選。

「可是，這個詭計只能關門，沒辦法開門。旋鈕應該是不會留下殘膠，可是這些證據會留在手中……」班導亮出雙面膠帶和繩索。「是個缺點。」

「這是有名的機關嗎？」

「算是吧？上網查一下，數量應該多到數不清。至於有名到什麼程度，知道這個詭計就擺出一副自己是推理迷的嘴臉的話，會很丟臉吧。」

「這一定要用繩子才行嗎？」

「不用，只要可以穿過門縫的都可以，綁頭的帶子也可以，比較長的便箋之類的應該也行，還有……」

「……手帕。」

「手帕應該行吧？不過如果只是要上鎖的話，方法多到數不清。」

齋藤直樹的確是這麼說的。

『阿龍的朋友手裡捏著手帕……肩膀抽動著。』

那個時候，檀優里手中捏著手帕。但也不能因為這樣就貿然斷定。不過上鎖並不難這個事實，或許值得留心一下。

設法把村嶋龍也帶進視聽教室，以某些方法威脅他寫下遺書。自己走出教室，用前面提到的手帕詭計從教室外面把門鎖上。齋藤直樹每天都在相同的時間經過視聽教室前面，找顧問詢問練習內容，這件事她應該早已大致掌握了。她叫住經過的齋藤直樹，讓他看到正在寫遺書的村嶋龍也。村嶋龍也基於某些理由，向齋藤直樹深深行禮。齋藤直樹驚覺狀況不對，跑向職員室。這時檀優里比方說像這樣……

我輕輕地將右手抵在關上的視聽教室門上，想像氣功發動，或捲起一陣強風，把幻想中的村嶋龍也吹走。他被檀優里的能力吹走，就這樣墜落到窗外。

「你是在想『可以從遠方推人的能力』嗎？」八重樫問。

「不，唔……我是存疑啦。」

這太荒唐無稽了。完全想不到她是怎麼恐嚇村嶋龍也寫下遺書，又是怎麼逼他一臉蒼白地行禮的。再說，當時窗戶是開著的嗎？就算是開著的，從遠處發動能力猛推，可以這麼剛好讓他墜落窗外嗎？有太多荒謬之處了。不過，我想我們大概不能計較荒唐無稽、或是害怕跳脫現實，必須像傻瓜一樣，嚴肅考慮一切可能性。

我們離開村嶋龍也的現場，前往高井健友的自殺現場。

這邊的現場也是新大樓的四樓。高井健友跳樓的空教室，以U字形來說，位在左上，但他是朝中庭跳下去的，因此是和村嶋龍也反方向，往東邊跳。他的軀體落在U字形正中央，因此右上的音樂教室裡的學生們，全都目擊了他墜樓的瞬間。

當天高井健友把放在操場的物品搬到這間空教室來。晚了約十分鐘，行政人員箕輪小姐也來了。箕輪小姐聲稱，她來到空教室時，門是敞開的，她看到高井健友一腳跨在陽台欄杆上。很快地，他墜落地面，同時對面校舍傳來女學生們的尖叫聲。

我重現當時的狀況。首先我拜託班導打開空教室的門，再打開通往陽台的窗戶──如果從走廊一看，就能看到一腳踩在陽台欄杆的高井健友，表示這邊的窗戶應該也是開著的。我試著請八重樫出去陽台，擺出一腳跨上欄杆的動作，由我從走廊目擊。

緊接著，箕輪小姐拋下懷裡的鐵管，連忙衝向陽台。往下一看，高井健友的屍體已經在中庭了。箕輪小姐說，這時她感到腳邊有種說不出來的怪異感覺，就好像有貓蹭了過去。她也補充說應該是心理作用，但任何一點細微的訊息都不能放過。往下一看，高井健友的室內鞋擺在那裡，底下壓著一封遺書。不過高井健友的遺書不是手寫的。

因為不能真的叫八重樫跳下中庭，我請他先回來教室裡面。我假設覺得腳邊怪怪的，像箕輪小姐那樣往下看。那裡當然空無一物，但我裝作發現了室內鞋和遺書。我個人覺得，從走廊看向陽台的時候，應該就會發現室內鞋和遺書了——原先我有著這樣小小的疑問，但從現場來看，如果鞋子和遺書是擺在從走廊看過來偏右邊的空間，確實不會發現，而會被前面空教室的內牆擋住，成為死角。先是看到高井健友跳樓，跑出陽台，接著往下看，發現室內鞋和遺書——這樣的過程非常自然。

檀優里是在高井健友墜樓緊接著不久後來到現場的。檀優里像是被尖叫聲嚇到，走進空教室，出去陽台往下看。然後她蹲了下來，說要叫救護車，掏出手機。

我為了模擬檀優里的動線，請八重樫扮演箕輪小姐。八重樫發現室內鞋和遺書時，我進入空教室，然後跑出陽台，探頭往下看，接著當場蹲下來。實際模擬，蹲下來的動作讓人覺得有些奇怪，但如果是在演出「目睹震撼的景象，當下反胃想吐」，感覺也不是多古怪的行動。實際上，檀優里冷血無情，就算看到山霧梢繪墜樓，連眉毛都沒有動一下，她有必要誇張表現出震驚的姿態吧。總之，接著兩人便經過空教室，出去走廊了。箕輪小姐說後面就交給警方處理了。

高井健友墜樓的瞬間，箕輪小姐應該沒空關心背後。就算檀優里在她的正後方，她應該也不會發現。那麼……

「『從遠方猛力推人的能力』，或許並不離譜？」

八重樫這麼說，我差點就要點頭同意。確實，如果檀優里有這種能力，就能在不被箕輪小姐發現的狀況下，把高井健友推下樓。

從箕輪小姐的背後伸出右手，發動能力，釋放：「咚！」

高井健友會以被人推落的姿態墜落陽台。

「可是推人的能力，還是有很多無法解釋的地方。」

首先，要怎麼讓對方事先把遺書放在陽台？（雖然那是電腦列印出來的，不需要模仿筆跡）還有，雖然這完全是箕輪小姐所聲稱，但她說高井健友墜落的樣子，看起來並不像是被人推下去的。他都一腳跨過欄杆了，所以應該不是被硬推下去的。

我試著把腳跨在欄杆上，相當困難。如果被人從後方猛力一推，應該只會撞到欄杆，不可能抬腳跨上去。高井健友是自己想要跳樓才墜落的，只能這麼推論了，但依舊難以置信。

「我們可以去問看到墜樓瞬間的管樂隊隊員嗎？」

「……最好不要。好像還有些女生到現在都沒辦法來上學，我身為教師，再怎麼樣都不能說『好』。」

班導的回應理所當然，我點了點頭，但還是想知道墜樓瞬間的目擊證詞。因為即將墜落的瞬間——墜落的起點被人目擊到的，就只有高井健友而已。我強烈地感覺，裡面隱藏著識破檀優里能力的線索。

不經意地望出去，我發現前方有一棟大樓。說是發現，其實平常也會看到那棟大樓，所以不是今天第一次看到。但仔細觀察，那棟大樓的陽台剛好面對這所學校，感覺就算有住戶目擊墜樓瞬間也不奇怪。

我決定如果想不到其他好點子，那就去拜訪那棟大樓，接著前往最後的現場——山霧梢繪的自殺現場。

我在二樓的社會科資料室目擊墜落的她，但她是從新大樓四樓的走廊窗戶跳樓的。一樣以U字形來比喻，位置是左上方，方向則是跳向西側（U字的左側）的熊手丘。附近有我們A班和B班的教室，但山霧梢繪跳樓的窗戶附近什麼都沒有——沒有階梯、廁所或洗手台這類設備，讓人懷疑是不是設計錯誤，因此基本上沒有學生會去那裡。那裡有的，頂多就只有滅火器。山霧梢繪跳樓的時候，附近應該也沒有半個人。教室裡好像還有幾個學生，但我們像這樣進行現場模擬時，也沒有任何學生靠近。

我用手機拍攝山霧梢繪跳樓的窗外景色，請八重樫點出山霧梢繪上傳ＩＧ的照片，相互比對。當然不是連細節都一模一樣，但我認為毫無疑問，是從這裡拍的照片。畫面太相似了，高度也吻合。

她的帳號依然丟在網海上，任何人都可以瀏覽。「這好像是自殺學生的帳號喔」，這樣的訊息在網路上傳播開來，那則貼文除了哀悼以外，也有一些惡毒的人留下惡作劇般的留言。

『我在教室裡太大聲了。我需要接受調律。再見。』

這則貼文，只可能是山霧梢繪本人發布的。發布時間，檀優里確實跟我一起在社會科資料室。這張照片是從四樓的這道窗戶拍出去的，而且除了本人以外，無法在ＩＧ帳戶上貼文。據說山霧梢繪跳樓時，她的手機也掉在遺體旁邊。她的手機沒有被任何人拿走。

「果然只可能是精神誘導類的能力了……」八重樫悄聲細語道。

狀況讓人實在很想這麼去想，但我克制下來，交抱起手臂。難道沒辦法偽裝貼文嗎？

首先是委託山霧梢繪本人親自發文的方法——這實在很扯，但回想起來，前面三個人都有宛如乖乖聽從檀優里指示的部分。村嶋龍也寫下遺書，向齋藤直樹行禮；高井健友以完全就像自主意志的動作跳下陽台；山霧梢繪在ＩＧ發布遺書般的文字和照片。

「短時間任意操縱對方的能力」，或是「逼迫對方執行小要求的能力」——我尋思這些能力的可能性。

「我覺得……果然不是精神誘導，應該拋棄這個假設。」我說。

「為什麼？」

「如果能做到精神誘導，沒必要把他們的死搞得這麼複雜。」

如果擁有萬能的能力，不需要費工夫動那些小手腳，只要命令一句「跳下去」就結了。再說，若是真有這種能力，應該也沒必要執著於跳樓這種方式。可以讓他們上吊，也可以拿刀刺自己的胸口。沒有這麼做，代表其中有某些限制。這些事件不是碰巧變得複雜，而是非這麼複雜不可。

八重樫和我不一樣，有ＩＧ帳號，我問他有沒有辦法偽裝別人的帳號，但好像沒有什麼好方法。我順帶問了一下班導，他說道：

「ＩＧ我不清楚，不過只要知道對方的帳密，直接就可以發文啦。」

這太理所當然了，反而成了盲點。但帳密不是可以那麼容易弄到的。我想到這裡，忽然全身一陣冰涼。

帳號密碼應該都知道吧？

我被牽引一般，走向數公尺之隔的A班教室，翻找講台裡面以前的通知單文件。很快就找到了，是某次娛樂企劃使用的問卷。

『徵求暑期活動的點子』。

印刷著這些文字的問卷上，一清二楚地列出了山霧梢繪的電子信箱作為聯絡方式。我不想責備她太不小心了，畢竟電子信箱就是要讓人知道，才能發揮功效。這完全是正當的使用方式。

但與帳號配對的密碼，絕對不能洩漏給任何人。

別人的密碼，連猜都麻煩，除非心存惡意，想要盜用別人的帳號，否則甚至不會去揣測。但假設有人心存惡意，絞盡腦汁——可以輕易就猜到山霧梢繪的密碼。不不不，不會吧，怎麼可能有人會設這麼好猜的密碼？我如此樂觀地想著，把想到的那串文字直接輸入ＩＧ的登入頁面。

「kozu-jin0427」。

啊……我差點嘆息。

按下登入鍵，不費吹灰之力，直接就進入首頁了。

「喂，真的假的啦？」八重樫嘆氣。

「Kozue_Yamagiri」——山霧梢繪的帳戶名稱。

炫耀地掛在書包上、作為情侶愛情證明的鑰匙圈吊飾。確實是太不設防了，但我也完全能夠理解那種輕忽大意、認定應該不會有人試圖侵入自己帳號的想法。因為我自己的密碼，用的就是喜愛的歌手名字。要是有心人認真想要推測出我的密碼，盜用帳號，我的防波堤完全不堪一擊。但是即使想要教訓「不要再用這種密碼了，太不小心了」，應該要訓話的對象也已經不在了。

任何人都可以輕易登入。既然能登入，要假冒帳號主人發布圖文也很簡單，剩下的問題就是發布時間了。照片上傳的時候，檀優里確實和我在一起。她左手搭在我的肩上，右手滑動桌上的手機。當然，她不可能有多餘的第三隻手操作手機貼上圖文。我問八重樫ＩＧ有沒有預約貼文的功能。

「不行啦，我確定不行。」

那麼，檀優里是怎麼在那個時間點發布照片的？我們苦思著這個問題，移動到社會科資料室。

在校內走動，我不時感到難受不已，因為與我們擦身而過的教職員對班導投注的視線讓人有種說不出來的不舒服。就好像發現重大罪案的嫌犯一般，起初是不知所措，但臉上隨即透露出掩飾嫌惡的努力，最後安頓在一種漠不關心與寬容中間點的微笑，就好像在說：「我心胸寬大，一點都不在意喔！」

「抱歉拖著老師跑來跑去。」不知為何，我忍不住想道歉。

「還要你替我想啊。」班導露出乾笑。八重樫接著安慰了幾句。

社會科資料室沒什麼值得重新檢驗的地方，但為了慎重起見，我還是想要再次確認唯一一個讓我感到不對勁的地方。也就是我總覺得相較於山霧梢繪落下時——也就是在空中時的位置，她實際墜落地面的地點似乎更偏右一些。

我在目擊她落下的位置，以及跑出陽台看到遺體的位置來回好幾趟，確定了自己當時的感覺並沒有錯。不管怎麼想，從落下的軌跡來看，遺體都應該落在更左邊一點。從落地位置來看，大約相差了三到五公尺之遠。

當時我嚇得六神無主，所以沒有注意到，但其實是落地時的撞擊力道，讓遺體彈跳到那個位置嗎？——總覺得不太可能是這種情形。重達數十公斤的人體，以正常的自由落地速度撞擊地面，會彈跳到那麼遠的地方，怎麼想都不可能。會不會是山霧梢繪太害怕了，在空中掙扎導致軌跡改變？——這樣的想法冷靜分析，也太離譜了。我是在這間社會科資料室，也就是二樓，看到她落下的身影。換言之，距離她的身體撞擊地面剩不到五公尺。從這個高度不管再怎麼掙扎，落地位置都不可能偏離到這麼遠吧。

我回想起山霧梢繪墜落前一刻，檀優里曾用右手指向天花板。我再次走出陽台，確認四樓窗戶的位置。窗戶呈凸窗，無法從這裡看到窗戶外觀，但可以知道大致上的位置。我想像山霧梢繪站在那裡，把右手朝那裡伸出。

「是『把遠方的人拉過來的能力』嗎？」

使勁發功拉扯山霧梢繪，於是她的身體飛出窗戶，被吸往地面。當然，施加在她身上的力量遠比正常重力更強大，墜落速度也更快。由於被強大的力量砸在地面，所以……我閉上了眼睛。

「拉扯的力量，沒辦法讓其他兩人的狀況成立啊。」

八重樫說著，我嘆氣點頭。

「B班學生的現場不用看嗎？」

班導的話把我們拉回現實。我說不用。

「還有什麼地方要看的嗎？」

我和八重樫沉默了片刻，緩緩搖頭。

「他們果然都死了……這裡沒有U. N.歐文[5]的角色呢。」

班導確信沒有找到任何證明是他殺的證據後，扶著陽台欄杆眺望熊手丘方向。他瞇起眼睛，就像要在沒有任何東西值得一看的磚牆上，看出某些值得一看的事物。

「糊塗的班導一個人被丟在這裡。」

發現小早川燈花的自殺是唯一真正的自殺案時，我有種絕處逢生之感。關於村嶋龍也過世的視聽教室密室，找到了破解詭計的新的可能，山霧梢繪的IG貼文，也得知了是如何偽裝的。我不認為這次的現場驗證毫無意義。

然而，我們還是沒有掌握到任何決定性的證據。一切假說、一切可能性，都被種種要素逐一地徹底打消了，檀優里的能力依然身在迷霧之中。原本即將開啟的門，似乎又要靜靜地關上了。門內透出來的光束一點一滴，但確實不斷地在縮小。

「哎……」班導悄然嘀咕道：「真是，怎麼會變成這樣呢……這個班本來那麼好……大家都那麼快樂……」

「老師……」這話不期然地脫口而出，「老師真的這麼想嗎？」

八重樫一臉驚訝，我假裝沒發現。

「……為什麼這麼問？」

「沒有，只是問一下而已。想說對我們班的老師來說，我們班看起來真的那麼模範嗎？」

「那當然了……」

雖然本來沒這個打算，但剛好插在口袋裡的右手碰到了安全別針。我沒有

5 譯註：U. N.歐文（U. N. Owen）是阿嘉莎・克莉絲蒂（Dame Agatha Mary Clarissa Christie）的推理名作《一個都不留》（And Then There Were None）裡，誘騙十名犧牲者到島上的主人。

多想，直接用它刺了大腿。班導筆直地看著我，說道：

「我真的覺得我們班是最棒的。」

離開樓梯口時，我和八重樫道別，接著就這樣注視著聳立在後門另一側的大樓。這時我還不知道，不抱期望地打聽到的大樓住戶的一句話，竟然會顛覆這一切。

16

「就在陽台啊。」

「……呃，您說誰在陽台？」

「就一個穿制服的女生，抱著膝蓋，坐在感覺隨時都要跳下去的男生旁邊。」

「她一直坐到男生跳下去？」

「對。」

我一頭霧水，愣在那裡。這話聽起來實在太不可能了，我甚至考慮要把對方帶進校內，用安全別針測試這話的真假，但從常識來看，她完全沒有對我撒謊的必要。

回應我的問題的，是住在學校北邊的大樓——「北楓之巔」社區六〇五號的婦人。幸好這棟大樓不是大門有自動鎖的類型，我以頂樓視野良好的住戶為中心，挨家挨戶按門鈴訪問。幸運的是，第三戶就碰到目擊跳樓現場的人，想知道朋友死亡真相這番熱血十足的說詞似乎發揮了作用，她毫不提防地開了門，立刻告訴我她目擊到的狀況。

她說要請我入內，招待茶水，我客氣地婉拒了，但她問我要不要看看從陽台看出去的景色，這個提議我無法拒絕。室內有兩名小學生年紀的女生，應該是她的女兒，經過的時候，她們一直稀奇地看著我，我勉強擺脫她們的注視，走出陽台。不出所料，這個位置可以從北邊將校舍一覽無遺。U字形的新大樓從這裡看過去呈倒U字，連中庭都可以看得一清二楚。

「那個時候我正在收衣服。在這裡。」婦人為我說明當時的情形。「然後我不經意地往高中那裡看過去，發現有個男生正跨在陽台欄杆上，我就想：他會不會掉下來？這樣也太危險了吧！然後，男生旁邊有個女生，女生看起來像是拉著他。」

「……旁邊有女生？」

「對。快掉下來的男生旁邊有個女生。」

高井健友一墜落，行政人員箕輪小姐立刻就跑出陽台，接著發現放在地上的室內鞋和遺書。但是，她當然沒有提到陽台上有女學生。如果有，她不可能沒發現。但我已經用安全別針確定過箕輪小姐沒有撒謊了。

「有個女職員馬上就跑出陽台了，妳有看到嗎？」

「……對不起，我看到男生掉下去，覺得很害怕，馬上就進屋了。」

「……這樣啊。」

「我自己是覺得，我沒有仔細盯著掉下去的男生看，所以才能這樣平靜地跟你說這些。要是我看到最後的話……你懂吧？」

我從書包裡取出文集，翻出檀優里的照片。

「妳看到的是這個女生嗎？」

「不清楚耶，因為距離很遠……不過被你這麼一說，感覺有點像。留著像鮑伯頭的髮型，黑頭髮……嗯，我沒辦法百分之百確定，不過大概是吧。」

「妳看到她拉著高井——快掉下去的男生的腳，是嗎？」

「看起來是這樣。我以為她是在救那個男生。」

「不是像這樣抬起他的腳底，把他弄下去的感覺？」

「不是呢，雖然看起來也不像多拚命地在拉他，但至少不是推人的感覺……在我看來，那個男生是自己主動跳下去的。」

我再次注視高井健友跳下去的四樓陽台。

假設如同住戶說的，檀優里躲在陽台，如果她是躲在室內鞋和遺書擺放的位置——也就是空教室內牆形成的死角，就不會立刻被箕輪小姐看到。但是她必須在箕輪小姐出去陽台之前，藏身到別處才行，而且還得緊接著若無其事地出現在箕輪小姐背後。

面對中庭的陽台，基本上可以通到其他教室。不過如果要在箕輪小姐沒有察覺的情況下，繞到她的背後，檀優里必須衝刺相當遠的一段距離。因為從結構來看，她必須移動兩間教室的距離，才能跑到返回建築物裡面的出入口。除非她能瞬間移動，否則會被箕輪小姐看到她跑掉的背影。

那麼，是「瞬間移動能力」嗎？或者不光是自己，是「可以讓各種物體瞬間移動的能力」？說起來，檀優里怎麼會在陽台？她有什麼必要待在陽台，又是在做什麼？

就是在想到這個問題的瞬間——

毫無回應地就這樣垂放了好幾天的釣線，忽然勾到了礦物般沉重的獵物。種種可能性和假說猛地被拋諸腦後，只有重要的事實浮現出來。我發現原以為至關重要的事實，其實全是幌子，並終於醒悟到以為無關緊要的資訊，竟是不容錯過的線索。

寫下遺書並行禮的村嶋龍也、以自己的意志跳樓的高井健友、山霧梢繪墜樓之前發布的IG圖文。還有跳下中庭的高井健友，與朝熊手丘方向跳樓的村嶋龍也及山霧梢繪之間的不同。

我取出手機，從相簿尋找扮裝派對那天的大合照。之前我一直忘記查證，合照裡雖然沒有死神，但應該可以找到檀優里才對。儘管參加了扮裝派對，檀優里卻一個人穿著熟悉的北楓高中制服。當然沒有展顏歡笑，卻也不是生悶氣的樣子，一臉完美體現漠不關心的中庸表情。當然她沒有拿著大鐮刀，帶著黑色長袍——畢竟這些道具根本藏不住。

我再三道謝，快步離開六〇五號住宅。

回到學校，我火速向班導申請使用資訊教室的電腦。

進入無人的資訊教室，打開最近的一台電腦，立刻插進SD卡，播放影片。影片檔我在山霧梢繪的守靈儀式時就已經拿到了，但覺得不可能有什麼收穫，只在手機上看過一次，就一直丟著沒管。我要看的是八重樫用手機拍下的、我被檀優里叫去社會科資料室時的狀況。影片順利播放了。

影片從八重樫慢慢靠近社會科資料室開始錄影，很快地，八重樫的左手把社會科資料室的門推開一條縫，從縫裡拍攝室內。我坐在椅子上，和檀優里說話。聲音隱隱約約的，調大音量或許可以聽見，但對話不是重點，我維持這個音量繼續看下去。我站起來，和檀優里肩並肩一起看窗外。從畫面看不太出動作，就在我低頭看桌面，查看檀優里的手機時……

『錯了！是山霧！去山霧那裡！』我叫喊的聲音清晰可聞。八重樫亂了陣腳，鏡頭微微搖晃。『快點……快點過去！就在這裡……這裡的正上方！山霧在那裡……』

應該是八重樫想要起身衝出去的時候踢到了門，發出「咚！」的一聲，鏡頭再次劇烈搖晃。接著八重樫似乎終於放棄錄影，手機從門縫間抽走。我和檀優里的身影消失，八重樫拔腿狂奔，畫面暫時被不小心拍到的八重樫自己的腰部所填滿。

我按下停止鍵，將影片一點一點地倒轉。在拍到我和檀優里身影的最後一格，檀優里指著天花板。相對地，她旁邊的我微微後仰。

就在這時，我幾乎確定了。

為求慎重再慎重，我查看影片檔的標籤。影片建立日期是七月十日十二點四十三分。這次我拿出手機，想要確定發布在山霧梢繪ＩＧ帳號的那則代替遺書的貼文時間日期，但又打消了念頭，因為ＩＧ的功能限制，好像無法精確地知道發布時間。我之前完全沒發現這件事。如果連這一點都在檀優里的算計當中，她的精明讓我甚至忍不住要驚嘆。我搜尋了一下，找到了可以在瀏覽器上看出發布時間的工具。把網址貼上去，查詢那張照片的發布時間——七月十日十二點三十二分。

彷彿詛咒失效，全身頓時輕盈起來。我靠到椅背上，雙手捂住了臉。去他的「精神誘導能力」。

遭到精神誘導的不是被害者們，反而是我。

檀優里的能力到底是什麼，我已經知道了。

第四章

論人類不平等的起源與基礎

17

我識破了檀優里的能力，從此校園恢復了和平——事情並沒有這麼簡單。

問題堆積如山。首先最根本的問題是，我雖然掌握了檀優里的能力，但並未完全理解能力的發動條件。雖然只差一步，但我尚未找出讓她的能力徹底失效的方法。

更重要的問題是，檀優里想要我的命。她恐嚇我除非向她下跪道歉，否則暑假過後的九月開學，我就別想來上學了。道歉很簡單，我自信我不高的自尊心不會把這點程度的屈辱視為屈辱。然而令人驚訝的是，到了這個節骨眼，我竟開始抗拒向她道歉了。我並不是想要加害她，或是報一箭之仇。但不管是什麼樣的形式，是否都絕不該做出肯定她行為的言行？這樣的想法在我的內心滋長開來。

因為殺人是天理不容的行為——並不是這麼單純的事。

而是因為我已經再清楚不過地理解到，她「調律」完成的教室具有什麼樣的意義。

因為已經知道她的能力了，即使她想取我的命，我也有反制之道——雖然這也是理由之一，但仍然需要小心防範。她的能力並非精神誘導，因此我應該是不會想死。但從某個角度來看，這是個極為強大的能力，至少相較於我的「識破謊言的能力」或八重樫的「得知他人好惡的能力」，顯然危險許多。

在根本無心準備地開始的期末考期間，我一直擔心窗外。我們教室在四樓，會不會突然有一股強大的力量發動，把我丟出窗外？儘管腦中理解不可能有這種事，但我還是忍不住用自己的腳勾住桌腳，把它當成微弱的救命索。

檀優里說，道歉的期限只到暑假前。今天期末考就結束了，接下來的到校日，包括結業式在內，只剩下兩天——換句話說，這兩天是道歉的最後期限，過了這個期限，檀優里就會採取具體行動除掉我。『你……大概沒辦法在九月開學時回來上學，因為你應該會在開學前就**想死**了。』檀優里千真萬確是這麼說的。

如果相信她這番話，考慮到時程，她殺害我的時間，會是暑假期間。暑假當然沒有課，而她的能力只能在校內發動，那麼她要怎麼殺我？這個疑問，由幾星期前張貼在走廊的圖書值日生輪值表解答了。

『暑假期間的圖書值日生──八月一日（四）上午：尾崎百合香　下午：垣內友弘』

下午的圖書值日生，下午一點到四點這個時段，我必須一個人顧圖書室。這是暑假期間負責書本借還工作的職務，但學生來借書的可能性，機率大概和日本獼猴出現在東京都心差不多，無限接近零。因此圖書值日生的工作，實質上就只是像個花瓶般在圖書室坐上三小時。

檀優里不可能放過這個機會。

值日生表正大光明地張貼在走廊上，檀優里一定也看到了。

「垣內。」

我用手機拍下輪值表，免得記錯時間，這時有人從背後叫我。是八重樫。

雖然是老樣子了，但八重樫比我高上一顆頭，站在我旁邊，完全就是居高臨下。他看著我的視線似曾相識，就是我在圖書室看岸谷亮兼的自傳時他看我的那種帶著猜疑、不屑及憤怒的眼神。

我不明白他為何這樣看我，僵了片刻。

「你發現什麼了嗎？」八重樫問。

「……為什麼這麼說？」

「昨天跟我道別後，你不是又回來學校，用電腦查了什麼？我聽班導說了。為什麼不找我？」

「哦……」我漫應著，尋思該怎麼接話。雖然發現我什麼都沒告訴八重樫，同時卻也有種還不想告訴他的感覺。我面露僵硬的笑，勉強擠出藉口，「抱歉啦……因為快期末考了，想說不好意思再拉著你到處跑。」

「……你這話是認真的？」

八重樫默默注視了我半晌。

「你這人果然太奇怪了，完全搞不懂你在想什麼。」

「……奇怪？我哪裡怪了？」

「從頭到尾都很怪。你真的很怪……我說真的。」八重樫的臉極度不悅地扭曲起來，粗魯地抓了抓頭髮。「昨天也是，你一直都一個人在看現場。」

「……一個人？」

「我不知道你看到什麼、想到什麼，可是你一直滿臉嚴肅，幾乎都不跟我說話，不是嗎？只有需要的時候才問我問題，其他時候都悶聲不響，不說出你看到什麼、有什麼推論。就算我跟你說話，你也回得很敷衍。而且你一開始是自己一個人跑去找班導，說要調查現場的吧？班導說不行，你才來找我幫忙說項。如果班導說好，你打算自己一個人去看對吧？什麼跟什麼嘛……喂，你都不把我放在眼裡嗎？我會礙你的事嗎？我們不是要一起揭發真相的嗎？你說啊！」

這番意想之外的話把我嚇住了，我說：「……真的抱歉啦，我沒想到你會有這種感受。我道歉。」

「你真的這麼想？」

「……當然啦。」

「……那就告訴我，你用電腦查了什麼？發現了什麼？」

「呃，唔……就……也沒什麼大不了的……」

八重樫一把揪住我的衣襟，把我用力拉過去，小聲恫嚇：「喂！」他的一點動作，就輕易把我從地面拎了起來，這讓我感到羞恥。剛好經過的其他班的學生好像是八重樫的朋友，好言相勸，八重樫才放開我。我咳了一陣，終於平靜下來時，八重樫又說道：

「你給我差不多一點……為什麼不跟我合作？你一定發現什麼了吧？那就告訴我啊！說啊，喂！」

我不該一直閃爍其詞的。見我模糊的態度，八重樫確信有鬼，說在這裡不能好好談，要我跟他去體育館後面。不知道狀況的周圍學生都一副不知所措的樣子，但沒有人制止我乖乖地跟著八重樫離開。

那裡剛好是烤肉大會的時候，八重樫告訴我有個叫檀優里的女生很可疑的地點。八重樫為剛才動怒的事道歉，卻仍激動難平。

「你已經發現那個臭女人的能力了吧？所以才會用電腦查東西，想要確定，對吧？」

大致上都說中了，但我怎麼樣就是不願意肯定說「對」。見我猶豫不決的態度，八重樫以笑容表明怒意。

「喂……沒有人這樣的喔，都到了這種地步，哪有人突然翻臉不認人的？不敢相信。」

說啊，為什麼不告訴我？——接著，他終於狠狠地揍了我的臉一拳。我真的好久沒有挨揍了——大概從小學以後就再也沒有被人打過了——一時不解發生了什麼事。我因衝擊力道而倒地，感覺低黏度的鮮血從鼻腔深處汨汨湧出。我連忙吸鼻子，血腥味擴散到整個口腔，這時我才理解自己挨揍了。比起當下的衝擊，痛楚以顴骨為中心逐漸擴散的感覺更讓人惱怒不適。

「虧我那麼相信你……還以為我們可以交朋友……」

這能力也太慘了。我詛咒著自己的際遇，慢慢地站了起來。校園種姓階級就是軍事力——我想起典子的比喻，兀自信服或許真是如此，同時用手背揩拭鼻子，手背沾上了血。

「你到底想做什麼？給我說！難道有什麼不能告訴我的事嗎？」

我不想把檀優里的能力告訴八重樫，理由很簡單，因為我大概可以猜到他接下來會採取什麼行動，怎麼樣都不願意走到那一步。

查出兇手，進入解決篇——把兇手交給警方，圓滿落幕。

這次的事，最大的問題就是無法這樣解決。

「你……」嘴巴一張，鼻血就流了出來。我再次用手背粗魯地揩掉。「你奪走檀的能力以後，想把她怎麼樣？」

「我不是早就說過了嗎……」八重樫的眼睛筆直地瞪著我，「她殺了三個人——殺了我三個死黨，這還用說嗎？當然要對她復仇啊！」

「……你要殺了她嗎？」

「如果能宰了她，我真的想這麼做。那種蛇蠍女，怎麼能讓她活在這世上？」

「但是憑我們兩個人的能力，不能拿她怎麼辦。」

應該是已經想過這個問題了，八重樫停頓了片刻，正氣凜然地說道：

「只能找最後一個人——棒球隊的佐古學長幫忙了。我不知道他有什麼能力，但向他說明狀況，我們三個合力，或許有辦法治她。」

「最後一個人……」

從鼻腔倒流的鮮血積在口中，哽住了喉嚨。要是能帥氣地啐在地上，或許就像電影中的一幕，但我只能把帶痰的血嘔到地上，就像對著排水溝嘔吐一樣。

我清了清喉嚨。

「最後一個人……不是你說的佐古學長。」

「什麼……」

「不能任由檀繼續為非作歹——這我明白，可是我實在下不了決心。所以給我一點時間吧，我會跟最後一個人討論一下。都沒有跟你說，真的很抱歉……但我一定會告訴你的，再給我一點時間。」

我轉身就走，八重樫沒有追上來。

我返回教室拿東西，園川和張本在我的座位附近等我。你的臉怎麼受傷了？沒事吧？他們先是這麼慰問，接著說想為之前的事道歉，邀我一起去玩。我再三強調之前的事我完全沒放在心上，說今天有事不能奉陪，就離開了教室。

按下門鈴，美月慢慢地推開掛著門鏈的門。我猶豫第一句話該說什麼，覺得有必要先為無法達成她的請求道歉。

「山霧的事……」

我還沒道歉，美月就搶先開口了。

「我……一直關在家裡……真的……很差勁……」

我覺得勉強說什麼也沒用，沉默了一會兒。美月也沒有繼續說什麼。我做了兩次深呼吸，切入正題。

「六點的時候，我會再過來，請妳做好出門的準備。」

「……咦？」

「拜託。我一定會來接妳。」

「……要做什麼？」

「我想談談妳的能力。」

門鏈動了一下，可能是她反射性地想要把門關上，但很快又恢復原狀。我說道：

「白瀨，妳是『繼承人』吧？」

18

我去接美月時，她穿著黑色無袖上衣和白色長裙。雖然不是精心打扮，但除了制服以外，我只看過她前些日子的T恤配五分褲穿扮，因此看起來相當亮眼。臉色雖然不太好，但至少不像個身體衰弱、學校請假了近一個月的學生。我只穿了件土氣的T恤配牛仔褲，總覺得有些不好意思。

「你的臉受傷了？」

「嗯，有點……這麼明顯？」

「……滿明顯的。」

我沒空看鏡子，完全不曉得被打出了多嚴重的瘀青。被打的部位到現在都還在隱隱作痛，我不敢去摸，也不敢做出誇張的表情。

我們走出大樓。美月一直默默地跟著我，不知道是剛走沒多久就知道目的地是哪裡，還是什麼都不想問。我們在夕陽西斜、罩上一層靛藍色的住宅區裡，以逛博物館的速度，緩步徐行地前進。沉默持續了一段時間，但她的腦中一定有許多話來來去去吧。過了約十分鐘左右，她彷彿終於下定決心，開口問道：

「……原來你也是『繼承人』。」

這似乎是最讓她驚訝的事。說起來，她不可能知道我收到信的事。我說明我收到信的前因後果，以及前任應該是村嶋龍也這件事。聽到已故的朋友名字，美月的表情陰沉了一些，以祈禱般的動作，扎扎實實地踩過五步，就像在強忍悲痛，接著說道：

「你怎麼會發現我是『繼承人』？」

「……我是後來才想到的。」我先是這麼說。「仔細想想，妳一下子就相信了死神荒唐無稽的話，從這裡我就應該要察覺了。『我有一點特殊能力，我利用那種能力殺了他們，偽裝成自殺。』這種內容一般來說，不可能輕易相信。還有妳說死神想要山霧的命，所以希望她不要去上學，仔細想想，就好像妳知道能力的影響範圍，相當奇怪。雖然當時我一點都不覺得有什麼不對。」

「那你是什麼時候發現的？」

「妳去參加山霧的守靈儀式。」我看著腳下說。「妳說要是山霧被殺死，自己可能就是下一個——儘管是這麼危險的狀況，妳卻滿不在乎地出現在兇手可能也會出席的殯儀館，這讓我覺得奇怪。除非知道能力只能在校內發動，否則不管再怎麼想為朋友祭弔，都不可能去那麼危險的地方。」

美月噤聲不語，就像在為自己的過失反省。這時，我們和兩個年紀與我們相仿的人擦身而過，他們看起來像是一對。

「……妳男朋友那裡，不會有問題嗎？」

「咦？」

「沒有啦，就是我把妳找出來，萬一被他誤會……」

「我們已經分手了。」

「……這樣啊。」

「嗯，很久前就分手了，已經好幾個月了。」美月也沒怎麼認真回想地說，嘆了一口氣。「怎麼會這樣呢。」

「你們吵架了？」

「也不是……怎麼說，就覺得幹嘛非要表現得比實際的自己更好呢？」她再嘆了一口氣，大概是想要笑，但臉頰似乎不聽使喚，變成了一副隨時都要哭出來的悲切神情。「滿十二歲就得上國中，滿十五歲就得上高中。沒有朋友很丟臉。如果能夠，要交到光彩動人的朋友，自己也才能沾光。因為不希望朋友離開自己，忍不住配合她們的步調。這裡面……有多少自己的意思呢？有好多事情，都從自己的喜好、願望、理想愈偏愈遠。感覺每一件事情，都是為了配合朋友和周圍的環境，就像刪去法那樣一一被決定……後來我都不跟你說話了，或許也是這種情形的延伸吧。」

「……這樣嗎？」

「像這樣跟你說話，我發現有好多事情我沒有辦法跟大家說，卻可以告訴你……為什麼呢？我……我真的喜歡梢繪嗎？」

我差點責備她不應該沒頭沒腦地說這種話，但發現自己沒有資格說什麼。

「一年級的時候，我在主大樓後面發現一隻受傷的貓。」美月表情有些痛苦地繼續說。「我不知道是貓之間打架受傷，還是被學生弄傷的，貓有一隻眼睛受傷了，走路的時候左後腳也一拐一拐的，感覺已經快不能動了。我不知道該怎麼辦才好，這時有個三年級的學姊從我後面過來了。她的頭髮染成淡褐色，腰上綁著開襟衫，蝴蝶結也換成超漂亮的款式——總之是一個超漂亮、明豔動人的人。她自信十足地說『交給我』，小心翼翼地抱起那隻貓不見了。幾天後，那個學姊來教室找我，說了類似『妳試著救助那隻貓，心地善良，我很看好妳』的話，問我名字。我以為她是要邀我進社團，結果不是，只是問我名字而已。幾個月過去了，什麼事都沒發生，直到升上二年級時，我收到一封用圓圓的字體寫成的可愛的信，說要把能力傳授給想要救貓的我。比起開心，我更覺得被高估了，覺得既焦急又心虛，慌得不得了。因為那個時候要不是學姊出現，或許我早就拋下那隻貓了。」

暮色到了尾聲，我們已經站在夜晚的入口。車頭燈一瞬間照亮了她的側臉。不知是否心理作用，她的眼睛似乎染上了紅色。

「可是也因為這樣，我覺得自己是被選上的，是特別的人，有了一種奇妙的使命感，覺得必須積極運用這份力量，把學校帶往更好的方向。或許也可以說我是過於自負了，說我是在為自己被選上正當化、是一種贖罪，或許更為適切。反正我變得更加迷失自我，每一天都好像被誰操縱著。明明也不特別嚮往，卻扮演著彷彿可以登上道德倫理課本的模範樣板的自己，期許哪天有紀錄片攝影機跑進教室，拿我當主角拍攝，拍出來的我，也是個令人讚嘆的美好女生。」

說到這裡，美月停下腳步。

因為也抵達目的地了，我也停了下來。

眼前是她請假了將近一個月的我們學校。

我和美月都選擇搭電車上下學，但從我們住的花園台到北楓高中只有兩站，走路或騎自行車也能到。至於為何今天我沒有選擇搭電車，因為我想在不必顧忌他人的情況下，和美月交談。說到為何有必要刻意把她帶來學校，我想美月一定也明白理由。

「煙火。」美月仰望著主大樓的屋頂說。「暑假的吉見川煙火大會，本來說要大家一起在頂樓游泳池看煙火對吧？那件事……」

「我記得後來說告吹了，理由是可能有危險。可是就算校方同意，應該也不會舉辦，因為娛樂企劃本身已經沒了。」

「是喔。」美月手扶著校門，輕敲了兩下。「這樣……或許比較好吧。因為我自己也是，如果問我真的想參加嗎？應該難以回答。」

校門關著，但沒有上鎖。行政室等幾道窗戶透出昏黃的暖色燈光，但沒看到學生或經過校園的職員。我們小心不製造出聲響，安靜地穿過校門，在連接新大樓的穿廊附近的長椅坐下來。這裡不管從行政室或職員室看過來都是死角，正好方便。

「我知道兇手是誰了。」

「那個死神嗎？」

我點點頭，「是B班一個叫檀優里的女生。妳知道她嗎？」

美月搖搖頭，「或許看過，可是名字跟臉連不起來……」

接下來我將獲得能力直到今天發生的種種，扼要地說明給她聽：八重樫也是「繼承人」、我和他合作行動、我識破了事件真相和真兇的能力，但還不清楚發動條件、八重樫認為應該制裁——也就是殺掉檀優里、有許多事我仍然猶疑不定。

「所以……你才來找另一個『繼承人』？」

「我想聽聽妳的意見，而且假設真的要對檀報復……我也想掌握妳擁有什麼樣的能力。白瀨，妳覺得應該怎麼做？」

「應該怎麼處置死神嗎？」

我點點頭，「檀優里好像已經不會再殺人了。只要我向她道歉，就算不再管她，她也不會再次逞兇。」

「照常理來看，都殺了四個人——不對，是三個人呢——還是……只能判死刑嗎？」

「照常理來看是這樣，只是……」我因為好奇，事先上網查了一下。「檀優里未成年，所以不管殺死多少人，好像都不會被判死刑。雖然應該是不會，但如果沒被判死刑的事上了新聞……」

「一定會被大肆炒作，說雖然兇手未成年，但殺了三個人，還是應該判死刑。」

「此案暴露出《少年法》過度輕縱未成年人的問題……類似這樣吧，大概。」

美月點了幾下頭，就像在咀嚼事實，筆直地看著前方——坐落在黑暗中的新大樓牆面說道。

「必須一刀斃命，讓她的能力失效。就算她不會再繼續犯罪，也絕對要這麼做。」她用比我想像中更決絕的語氣說。「然後，接下來的事也必須好好處理才行。」

「……處理？」

「這是法律無法適用的世界，是大人管不到的世界，是受到超能力這種違背常識的力量影響的世界，所以必須靠我們好好地維護秩序才行。」

話一出口，美月立刻變得懦弱，垂下頭去，但轉向我的縹渺視線，就像在說只有這條路可走。

「如果是二年A班的白瀨美月，應該會這樣說吧。」

這話的意義就像藥粉一般，沒什麼牴觸地傳進胸口深處化開來，我一時語塞了。我盯著自己的手沉默著，就像要看清應該前進的方向，這時美月唐突地朝我遞出一面好像本來放在包包裡的手鏡。

「你的臉。」她說。我望向鏡子，裡面是一個眼睛底下一片瘀腫的呆笨高中生。弱者烙印的瘀青，在沒什麼照明的夜晚校園裡也能看得一清二楚，比我想像中的大了許多。我正想著一般尺寸的ＯＫ繃遮不住，美月說：「你可以閉上眼睛嗎？」

我沒蠢到會期待她親吻我。是要幫我擦藥，還是她帶了大塊紗布？我這麼想，閉上眼睛，美月輕柔地摸了摸我挨打的地方。雖然還是會刺痛，但也沒痛到會叫出聲來。我等著，看她要做什麼，但她好像什麼也沒做，就放開了扶在我臉上的手，我忍不住睜眼。

美月遞出手鏡，又說道：

「你看。」

我懷疑自己眼花了。我眨了大概五下眼睛，目不轉睛地看，但千真萬確。瘀青不見了。我試著摸臉頰，一點都不痛。

「這就是我得到的能力。」

美月深深地嘆了一口氣。我不知道她嘆氣只是想要轉換心情，或者是能力的代價。她咬了一下嘴唇，儲備力量似地做了個深呼吸。

「對不起，這應該是最不適合用來報復的能力。可是重新想想，即使是以逃離學校、不敢正視眼前發生的慘劇的差勁透頂的白瀨美月的立場來想，還是不能放過真兇。我這麼覺得。」

我終於把手從自己的臉上放開，美月定定地望著我。

「讓我跟你一起思考，要怎麼做才能了結死神吧。」

19

我缺席了結業典禮。

美月也繼續請假。為了保險起見，我叫八重樫也請假，但他說要他夾著尾巴逃走，他寧願被殺，抵死不肯請假。幸好他似乎平安放學回家，接到他沒事的通知時，我放下心中大石。

進入暑假了，這意味著我對檀優里道歉的期限過去了，以及她將立定決心抹殺我。

第一次三人聚首，是結業式的隔天，七月二十日星期六。配合上午有足球隊練習的八重樫，我們約好兩點以後在以前一起去過的家庭餐廳集合。八重樫一開口就說「上次真的對不起」，男子氣概十足地向我深深低頭賠罪。他看到我的臉沒有想像中嚴重，放下心來。如果告訴他是被美月的能力治好的，感覺他又會道歉個沒完，所以我暫時沒說。

八重樫和美月的關係，似乎並非親密到稱得上本來就是好朋友，但至少他們在教室裡，應該算是交流頗多。說得酸一點，他們屬於相同的一群。他們兩人在教室裡交談的次數，遠比我和美月或是我和八重樫更多。

美月是「繼承人」這件事讓八重樫相當意外，但沒有更進一步的反應。「這也太失衡了。」他這話應該是想表達「繼承人」都集中在二年A班和B班的事吧。我不清楚在多年前便代代傳承的「繼承人」的歷史中，這算是罕見的情形，或是曾多次發生，但我覺得有件事應該可以確定，那就是「繼承人」的分布失衡，導致了這次的悲劇。但這話我絕對不會說出口。

美月為長期缺席道歉，說她不該像這樣逃避，八重樫用一句「不必放在心上」帶過。「如果是我遇到一樣的狀況，也會做出跟妳一樣的事。」這話應該是意在安慰的謊言，但他似乎真的不想責怪美月。

平靜下來後，我提出檀優里能力的假說。美月好像根本不清楚各人自殺時的詳細狀況，因此似乎專注於掌握這些事實，但八重樫整個人陷入驚愕，慢慢地撩起頭髮，幾乎要把頭髮拔起來。

「就是你說的這樣……沒錯，錯不了。」

我也告訴兩人，問題是不明白能力的發動條件，有必要針對它進行驗證。只要三人聯手行動，或許有辦法識破發動條件。要在什麼時機、如何行動，還需要更精細的討論，但只要小心行事，或許狀況已經沒那麼絕望了。

以我個人來說，檀優里想要取我的性命，這件事至關重要，但感覺可以猜出她會在哪一天動手，因此還能頗為樂觀。她一定會在暑假期間，我唯一會去學校的八月一日圖書值日那天下手。回想起來，檀優里葬送山霧梢繪之後，在社會科資料室對我這麼說：

『八重樫卓一直在山霧梢繪的附近徘徊，礙事極了。我一直想方設法讓八重樫卓遠離她。』

由此看來，基於能力的特性，她應該是希望在對象落單的時候下手。那麼她在恐嚇我的時候，一定早就決定好要在圖書值日那天動手了。不過只要知道這麼多，就沒什麼好怕的了。就算蹺掉圖書值日工作，也不會受到什麼懲罰，無論如何都想盡責的話，打個電話給班導，要求更改時間就行了。只要換個時間，檀優里不可能知道，可以輕易躲開她。

因此對我們來說，最為重要、微妙，也是最為困難的問題，還是該如何處置檀優里這件事。對於這個偶然因為小早川燈花自我了斷而繼承了她的「繼承人」能力，並利用這種能力葬送了三名學生的惡魔——死神，我們究竟該如何處理她才好？

「我說這話，不光是因為她這個人絕對不可原諒——不，不對……果然還是因為不可原諒，我才會這麼說……」

八重樫也在盡可能避免感情用事，如履薄冰地謹慎發言。

「阿龍……我說村嶋龍也啦……阿龍他真的總是把班上擺在第一，把大家的快樂擺在第一。他怎麼能做到這樣的事，或許跟現在垣內你擁有的識破謊言的能力有關，反正他對每一個人都很好，比任何人都酷，有件事我到現在都忘不了……」

是村嶋龍也還待在籃球隊的時候。

村嶋龍也才華過人，雖然才一年級，但已經入選為正式球員。八重樫讚揚說，雖然我們學校的籃球隊不算強，但一年級就能成為正式球員，依然稱得上一件壯舉。由於村嶋龍也的加入，籃球隊實力大增，甚至能擊敗過去完全不是對手的競爭校。今年的我們或許有望得勝──籃球隊滿懷期待地參加了秋季的縣大賽預賽，村嶋龍也的膝蓋卻在這時候受傷了。

別說參加比賽了，醫生說可能好一陣子都不能走路了。三年級學長被拔擢頂替村嶋龍也，但實力根本無法望其項背。輸掉比賽後，隊員憤怒的矛頭不是對準才一年級就已經極有人望的村嶋龍也，而是在比賽中從頭到尾扯後腿的替補的三年級生。為什麼不好好練習！平常就要好好看看人家村嶋的動作！不想打，就去跟老師說你沒辦法啊！不要讓我們看到你！給我道歉！滾回去！去死！在毫不留情的謾罵紛飛中，村嶋龍也制止眾人，向眾矢之的的學長行禮。

『我不該在這麼重要的時候受傷，真的對不起。因為我，結果剝奪了學長下場練習的時間。我從來沒看過到了終盤還能那樣奮力跑跳的中鋒，這讓我認識到學長的基礎體力和練習量不是蓋的。謝謝學長。我毀了學長們最後一場比賽，真的很抱歉。這都是我的責任。』

沒有人能再說什麼。村嶋龍也很快就得知自己的膝蓋沒辦法再恢復到從前，在升上二年級的同時退出了籃球隊。

「我覺得阿龍是在尋找可以投注全副心力的新的事物，所以他為了大家好，努力奔走。這樣一個真心為大家著想的超棒的人，卻被那個臭女人，滿不在乎地殺掉了。她殺了人，而且**還能**再殺。我覺得這還是太扯了，我實在無法想像。」

八重樫落淚的樣子，我已經看過好幾次了，但我依然覺得這次的淚水，是來自內心最深的一隅。

「健友也是，他雖然看起來老是在耍寶，但其實總是為每個人著想，再也沒有人像他這麼好了。他絕對不會說別人壞話，就好像這就是他的原則，總之他有很多帥得要命的地方。稍繪真的很能幹，總是明確地作出各種指示，大家都笑說她以後一定會是個騎在老公頭上的好太太——反正，他們每個人這樣的未來，都被那個臭女人徹底剝奪了。」

店員原本想過來收走我們老早就吃光的薯條空盤，見狀連忙掉頭離開。八重樫察覺有人過來，低下頭去，但店員還是看出他在哭吧。

「我覺得不能原諒。怎麼可能原諒？」

「……你還是認為，應該殺掉檀優里嗎？」

八重樫明確地點頭。

「我一直這麼認為，就算冷靜下來思考還是一樣。這樣才叫做正義吧？她根本不是人，是應該要被消滅的惡魔——不，是死神。」

我和美月都無法作出任何反駁。

這天我們就此解散，後續討論留待後日。死神或許應該要消滅，但現實問題是，不管是消滅還是封印都不是件易事，遑論我們得到的能力都是那麼地溫和、和平，與甚至可以用來殺人的檀優里的能力大相逕庭。讓惡人得到應有的制裁——若是高舉大義凜然的名分，聽起來宛如聖戰，十分悅耳，但說穿了要做的就是完美犯罪。雖然我們擁有特殊能力，但難度實在太高——倒不如說，幾乎可以斷定不可能做到吧？

可以識破謊言、知道對方的好惡、治好傷口——再怎麼努力加加乘乘，都不可能消滅死神。

後來我們也繼續在ＬＩＮＥ上面聯絡，進行了幾次家庭餐廳會議，或者說討論，持續陷入集體沉默般的狀況，可惜的是，終究沒有想出什麼妙點子。就彷彿正視到自己的實力，把選填的志願學校大幅降低一樣，我們的議題從「要怎麼懲罰檀」倒退成「以讓她的能力徹底失效為目標」了。從各種意義來說，我們實在太幼稚無力，這讓我湧出一股無以言喻的憤怒。

要怎麼做，才能查出檀優里的能力的發動條件？第四次聚會時，不停原地打轉的討論內容忽然出現了一線光明。

「……自傳，岸谷亮兼的自傳。」

我們覺得老是在同一間家庭餐廳聊些殺氣騰騰的內容也不太好，這天移師到ＫＴＶ包廂。在隔壁包廂傳來的隱約歌聲中，我得到了確信。

「錯不了……我想再讀一次那本自傳。」

「現在就去圖書室嗎？」

「不……總之……」

考慮到種種條件，我作出結論：等我擔任圖書值日那天再去看就行了。當然，無論如何都必須避開公告在走廊上的八月一日值日當天。

回家以後，我立刻打電話去學校，請班導幫忙調整圖書值日的日子。班導說沒問題，但得跟其他學生調換，要我稍等。我對著手機等了約二十分鐘，最後順利更換值日日期了。

這天晚上，也因為哥哥的鼾聲太大，我翻來覆去睡不著，凌晨三點索性起床。由於房屋的構造，打開客廳的燈，燈光會傳進父母的主臥室，因此我只好坐在廚房的腳凳上，等待眼皮變得沉重。然而左等右等，睡意就是不來。我不想因為手機螢幕的光而變得更加清醒，隨手拿起娛樂企劃製作的文集翻看，目光不由自主地停留在某一頁——

姓名：檀優里
班級：二年B班　社團：無　居住地：楓町
喜歡・擅長：閱讀
不喜歡・不擅長：游泳
要好的A、B班朋友：無

給大家的訊息：請多指教

我正想嘆氣，冰箱突然發出一陣巨大的噪音。雖然不知道是怎麼搞的，但這台冰箱也舊了，有時會發出怪聲。我被聲音嚇了一跳，順勢望過去一看，發現冰箱門上貼了一張傳單。母親到底是出於什麼樣的興趣，才會把這種東西貼在這裡？——想到這裡，一幅驚人的景象在眼前豁然拓展開來。

今晚或許無法入睡了。我懷著這樣的預感，再次望向文集，思考學校現在的狀況。琢磨一切的可能性之後，我發現成功的可能性似乎很高，不知不覺間站了起來。靈光一閃的同時，湧上心頭的與其說是喜悅，更是漆黑的恐懼。我覺得被賦予了擔不起的重任，緊張和驚慌支配了我，我突然一陣乾嘔。

我撿起因害怕而扔開的文集翻閱，恰好翻到小早川燈花那一頁。我看著隨手翻到的頁面內容，內心再次感受到強烈的震撼，我更加確信今晚不可能睡得著了。

我撕下貼在冰箱上的傳單，摺成四折，夾進文集裡。

或許——有辦法消滅死神。

20

穿過校門時，我的腳在發抖。

即使在得知檀優里就是真兇以後，對於校園生活，我仍沒有那麼大的恐懼。因為之前我萬分篤定，她要等到暑假以後才會動手殺我。我刻意不去細想為什麼我會覺得殺人犯可以信任，但總之先前我從未真心害怕過自己可能在校內被殺（除了社會科資料室那次以外）。

但是現在不同了。在檀優里的月曆上，今天是可以殺我的日子。叫我進入校園時不要遲疑，才是強人所難。

就算沒有旁人的目光，在校門前張開雙手深呼吸也太蠢了。我喘了一口氣，立下小小的覺悟，跨過境界線。不會有事的，我已經透過導師，更換圖書值日的日期了，不會有任何問題的。我不停地這麼告訴自己，前往行政室，向白爸爸領了圖書室的鑰匙，以及列有借還書方法及值日注意事項的檢核表。「下午四點關門的時候，再過來還鑰匙。」

可能是我點頭的動作太僵硬了，白爸爸確定地問：「你可以嗎？」我回答「是」，聲音卻走了調。我硬是擠出笑容，逃之夭夭地離開行政室。我走向圖書室，一路上像小動物般東張西望。沒有人，沒事，沒有人。我口中唸經似地喃喃自語著，打開圖書室的門鎖。為了預防萬一，美月和八重樫也在附近的咖啡廳戒備。但我絕對不會有生命危險。

打開空調，在櫃台坐下，等待室內氣溫變得涼爽。

即使是暑假期間，學生也可以自由到圖書室來借書，但一定不會有人來。離學校走路幾分鐘的地方就有市立大型圖書館，販賣新書的書店也很近。加上圖書室的藏書乏善可陳，似乎也是無法吸引學生的原因之一。社會科老師多次埋怨藏書品質太差，事實上即使在我看來，圖書室裡的書也都不怎麼有趣。當地學生沒必要前來各方面都比周圍的設施更遜一籌的圖書室，搭電車通學的學生找不到特地花時間來這裡的好處。

因此如果有人打開圖書室的門，除了怪胎學生以外——就只有前來取我性命的檀優里了。

坐了大概十分鐘，我前往最深處存放校史相關書籍的區域，尋找岸谷亮兼的自傳。這本書不可能有人看，因此位置沒有移動。我拿起它回到櫃台，靜靜地翻頁，花了超乎預期的時間才翻到要找的那一頁。是因為文字難以辨讀，還是極度的緊張，讓我的認知能力下降了？

猝聞三郎死去的噩耗，我震驚萬分，甚至三日食不下嚥。就連喪父當時，我都未曾如此悲痛。我耽溺於後悔，自責為何未能對三郎伸出援手。倘若執起他的手，或許我能為他帶來一縷光明。每回問他還好嗎？他總是回答沒事，我為何未能從他的逞強中洞悉他的內心？後來，我看見柴倉家的美智在三郎的墓前合掌膜拜，細問之下，才知她也為自己的無能為力感到後悔。我問她是否愛慕三郎，她點頭承認。三郎時常怨嘆，沒有人會欣賞他這種人。如果美智能在三郎還在世的時候向他表達愛意，對他會是多麼巨大的救贖啊！一思及此，淚水再次泉湧而出，我知道自己本可以在三郎還活著的時候，平撫他的心靈傷痛。

「欸，你在讀什麼？」

我甚至忘了尖叫，眼睛盯在眼前的檀優里身上。她手肘靠在櫃台上，用調侃的眼神看著我。暑假期間，到校時也要穿制服——檀優里似乎乖乖遵守了這條校規，穿著制服。

「幹嘛嚇成那樣？」

「為什麼……」闔上書本時，我感覺到自己的指尖冰得宛如凍結了。「妳怎麼、知道、我在這裡？」

「打電話問一下行政室就知道啦。就算你換了兩次值日時間，我也一清二楚……我也沒那麼樂觀，會相信你會照著走廊上公告的時間過來值日，當然會預先確定一下。」

我用檀優里看不見的右手小心掏出手機。解鎖失敗了兩、三次，終於點開了LINE。我正想傳訊息給美月和八重樫……

「你要呼救嗎？」

檀優里繞到櫃台裡面來。訊息送出了，還是失敗了？我在沒有確信的狀況下，又把手機藏回口袋裡。我瞪著她看，祈禱著訊息已經送出。

「妳是來殺我的？」

「因為你都不來跟我道歉……」檀優里說到這裡，笑了一下。「可是，不是我殺你，是你自己想死。就跟先前那四個人一樣。」

「不對。」

「哪裡不對？」

「妳的能力不是精神誘導。妳殺的也不是四個人，而是三個人。」

「嘿……」

我以為我戳破了她絕對不想被人發現的核心，然而她沒有任何驚訝或慌張的樣子，在我旁邊的椅子坐了下來。然後就像之前那樣，把手搭在我的肩上，湊近我的耳畔呢喃。

「不用擔心，我剛剛改變了心意，決定不殺你了。所以你不會想死的。抱歉嚇到你了。」

檀優里說完令人錯愕的話，站了起來，把呆住的我丟在櫃台，從沒關的門出去走廊了。我糊裡糊塗地得救了嗎？那她為什麼要刻意出現在我面前？安心與困惑在胸中激盪著。

我一頭霧水地盯著門口，看見意外的人經過走廊。

「……白瀨？」

經過的那人不會錯，就是美月。

她就像受到操縱一般——若要形容，就像被隱形的重力所牽引般，經過走廊。她是失了魂，還是被幻影所籠罩？她穿著制服，但這並不奇怪，因為她和八重樫都穿著制服在校外戒備。她是看到我剛傳的LINE訊息，到圖書室來查看嗎？那她為什麼要過門不入？八重樫人呢？再說，美月不會來得太快了嗎？

想到這裡，我倒抽了一口氣。

我想到的是社會科資料室發生的事。我警戒著自己可能會遇害，完全沒留意到山霧梢繪，結果害她步向了最糟糕的結局。我現在真的可以只顧著自己嗎？我應該注意的、應該要重視的，反而是扮裝派對上死神的話吧？

——第一個候選人是山霧梢繪。第二個候選人——是妳，白瀨美月——

我從椅子上彈跳起來，襯衫衣角好像被什麼東西勾到，但我無暇理會，快步奔向走廊。

「白瀨！」

聲音在無人的校舍迴響、消散。

就像爐子上的水壺逐漸沸騰般，焦慮和恐懼頓時加速了。水咕嘟沸滾著。

我看見美月走上了走廊最深處的階梯。我出聲叫她，但美月頭也不回，好像什麼都聽不見。我終於踩上階梯時，美月已經不見了。可能已經走上二樓——不，或許都已經上去三樓了。

汗水像擰開的水龍頭般不住冒出。

美月要去的地方——不，正確地說，是被檀優里引去的地方——我只想得到一處。山霧梢繪跳樓之後，每一間教室的門窗都徹底鎖上了。特殊教室的鑰匙全都收在職員室集中管理，學生無法輕易取得。

只有一個例外——游泳池的鑰匙。

以前學校有游泳社的時候，游泳池的鑰匙都放在社團大樓的管理室保管，沿襲至今——班導這麼說過。社團大樓是這所學校歷史最悠久、也老朽得最嚴重的建築物。管理室只是虛有其名，門上雖然掛了個大鎖頭，但一旁的窗戶從好幾年前就完全沒鎖。上課期間，基本上都有管理員駐守，但暑假期間完全沒人。只要有心，想要從窗戶侵入，摸走鑰匙，是輕而易舉的事。

自從掌握了這件事以後，我就一直篤定，如果檀優里下次要讓誰跳樓，游泳池是不二之選。

跑到主大樓最頂樓的四樓時，我已經上氣不接下氣了。沒看到美月，但通往泳池的門就像忘記關上，門上插著鑰匙並敞開。我見狀，只能認定最糟糕的預感成真了。沒辦法全力奔跑，是疲勞還是恐懼所致？

我踩著踉蹌的步伐，穿過積水的消毒槽，前往泳池。宛如簾幕掀開一般，視野豁然開朗，積著濁水的泳池出現眼前。應該舒爽的夏風吹拂而過，在我內心不安的湖泊激起了漣漪。沒看到美月。

「白瀨！」

沒有回應。水裡──沒有人。水色混濁，但還是可以看見底部，確定沒有人。我提心吊膽地抬起視線，差點呻吟出來。

理所當然，建在校舍屋頂的泳池，周圍被防止墜落的鐵柵欄所環繞。但柵欄上有一道門可以供人走出外面，只是我不知道設這道門的目的和理由是什麼。當然，它原本是鎖上的──應該是鎖上的。

然而現在卻敞開著。

我不願意作出結論，慢慢地走近柵欄的門，結果嚇到差點衝出去，因為美月就站在柵欄外。

她一臉憂愁地看著我，筆直挺立著。黑髮在風中飄逸，拂在臉上。她的表情彷彿悟出死期已至，散發出像是一碰就碎的脆弱氣息。

「白瀨……進來裡面。」

我們四眼相照，她卻顯然什麼都聽不見。她站在校舍的邊緣，腳尖已經掛在半空中了。只要一陣風——只消再強上一點點的風颳過來，感覺她就會筆直墜落下去。裙子飛揚的模樣，透露出風向極度危險。飄搖的衣衫就彷彿顯示她剩餘性命的燈火，看在我的眼中是那樣地渺茫、引發不安。

必須立刻衝上去，就算用蠻力也得把她拉回來才行。

「……不要動，妳絕對不要動喔。」

衝出柵欄外的前一刻，我驀地恢復了理智。

抓住的柵欄微微撓彎，「鏘」地留下微小的餘音。我反省自己實在太大意了，慢慢地閉上眼睛。

這不是我反覆想像過太多次的場面嗎？不是嚴肅思考過各種可能性，叫自己絕對不能再重蹈覆轍嗎？感覺我可以就這樣沉浸在反省和自我嫌惡好幾個小時，但現在的我該做的事還有別的。我大大地做了個深呼吸，總算是讓亂掉的呼吸鎮定下來了。

「檀……妳就在我附近吧？」

約十秒的空白後，檀優里從抽水機室後方現身了。她踩著慢到令人傻眼的步伐走向這裡，緊挨著我停下腳步。她看著柵欄外的美月，臉上泛著冷笑。

「去救她比較好吧？」

我感到一陣不對勁，這股不對勁的感覺讓我獲得了確信。「……沒事的，不用救她。」

「那我就不客氣囉，真的可以嗎？」

檀優里悠悠抬起右手，豎起一根食指，指向隨時都會墜落的美月。

她的能力，不是從遠處推動對方。如果是的話，她沒辦法身在二樓的社會科資料室，卻把山霧梢繪拉下來。那麼是相反，把對方拉過來的能力嗎？但這就無法解釋在密室被推落的村嶋龍也的狀況了。我也想過，那麼她的能力就是能推也能拉的某種「念力」。

但一切都是名符其實的「幻覺」。

就在這一刻，我知道真相了。

「妳想推就推啊。」

「你討厭她嗎？」

「不是，現在因為妳的能力而陷入危機的不是白瀨……而是我。」

檀優里慢慢地放下右手，速度就像在抹拭看不見的塵埃。冰冷的瞳眸定定地看著我，海市蜃樓般若有似無的笑意消失了。

「妳的能力，我全都知道了。」

「這麼好強？真令人欣賞。」

「我是說真的。我不會再說什麼『精神誘導能力』這種蠢話了。的確，直到上一刻我都還不敢確定，可是我再讀了一次岸谷亮兼的自傳，現在像這樣實際跟妳說話，一切都串連在一起了。」

我注視著站在柵欄外、和剛才完全一樣的美月。

「泳池這裡，我跟白瀨還有八重樫一起仔細檢查過了，因為如果妳要殺我，就只有這個地方了。所以我知道，白瀨現在站的地方，屋頂邊緣——實際上沒那麼寬。不會錯，如果我衝出這道門，一定會直接一頭栽向地面。那裡根本**沒有可以站立的空間**，白瀨美月也**沒有站在那裡**。還有妳的聲音——從剛才開始，妳的聲音跟妳的嘴巴就不同步。」

岸谷亮兼的自傳裡提到了他的後悔，那就是沒能看出摯友的心傷，無謂地逼死了他這件事。後來他委託長得和朋友唯妙唯肖的神秘男子打造特異能力。那麼那些能力的內容，應該要符合他的願望才對。

——**他總是回答沒事，我為何未能從他的逞強中洞悉他的內心？**——

為了看透朋友在逞強的、識破謊言的能力。

——**三郎時常怨嘆，沒有人會欣賞他這種人。如果美智能在三郎還在世的時候向他表達愛意，對他會是多麼巨大的救贖啊！**——

為了鼓勵對他人的好惡特別敏感的朋友而設想的、能知道他人好惡的能力。

——**我知道自己本可以在三郎還活著的時候，平撫他的心靈傷痛。**——

為了治癒心靈或肉體上的傷而生的、治癒傷口的能力。

然後，最後一個是——**我耽溺於後悔，自責為何未能對三郎伸出援手。倘若執起他的手，或許我能為他帶來一縷光明。**——

為了讓失意沮喪的朋友重拾希望光明的——

「妳的能力……」

我對檀優里亮牌了。

「是『製造幻影的能力』。發動條件是『觸摸』想要讓他看到幻覺的對象。」

無聲無息，沒有華麗的效果，就彷彿膠卷播放到一半連接到其他場面一般，眼前的景色驟然變化。美月的幻影消失，她應該站立的位置——屋頂邊緣，彷彿縮小一般，一下子短了三十公分。而應該距離我一公尺遠的檀優里倏然逼近，她就站在我的眼前。應該是挑選了被摸也難以察覺的部位，她輕扯著我的襯衫衣角。

就算是檀優里，被識破能力，應該也會氣急敗壞吧？然而她卻徹底背叛了我的預測，神情無比地凜然。沒有驚訝，沒有不知所措，更沒有不甘心地齜牙咧嘴，也沒有突然破口大罵。就彷彿得知長年臥病的親戚不敵病魔，終於辭世一般，依稀浮現臉龐的就僅有數公厘厚度、近似寬慰的悲傷神色，如此而已。

「妳到底是怎麼把人推下去的？只有這一點我一直不懂。可是親身體驗之後，我總算明白了……看到朋友即將墜樓，大部分的人都會伸出援手。要是有什麼東西可以抓，就會伸手去抓。只要把窗戶的尺寸，或是即將墜樓的人的位置調整成跟實際不同，任何人都會因為目測錯誤而墜落。」

沒有聽眾。對真兇演說推理也很蠢，因此我沒有再繼續說下去。

我能夠揭露能力的真相，第一個契機是住在學校北側公寓——北楓之巔的住戶告訴我的事。她說，高井健友墜落前一刻，陽台上有疑似檀優里的人影。可是箕輪小姐沒看到陽台上有其他人，那麼這會不會是檀優里隱藏了自己，讓別人看不到她？

只要猜到她的能力，接下來就像進入尾聲的翻牌遊戲，一切事物都連鎖式地串連在一起了。

第一起命案——齋藤直樹對村嶋龍也的說詞，會從根本被顛覆。因為齋藤直樹看到的不是別的，就是檀優里的能力讓他看到的幻影。

檀優里事先把村嶋龍也叫到視聽教室，把他——應該是用她意圖陷害我的類似手法——從窗戶推下去。視聽教室的門這個時候並沒有上鎖，可以輕易進入。村嶋龍也墜落的地方，是幾乎不會有人看到的熊手丘那一側，因此沒有人目擊到他墜落的瞬間。他的屍體沒有立刻被發現。

檀優里殺害村嶋龍也後，把預先準備的手寫遺書放在隨便一張桌子上，離開視聽教室。接下來，應該是使用班導告訴我們的利用手帕和雙面膠帶的詭計，從走廊反鎖視聽教室（班導說，除了這個方法以外，還有無數種方法可以從室外上鎖，因此這不是什麼值得重視的問題）。

齋藤直樹每天都會經過視聽教室前面，檀優里早就決定好要讓他擔任目擊者。齋藤直樹出現後，她便開始演戲，大聲把齋藤直樹叫到視聽教室前面。齋藤直樹探頭看門上的小窗時，檀優里便觸摸他的身體，以能力讓他看到幻覺。

也就是村嶋龍也一臉蒼白地寫下遺書，接著向他行禮的幻覺。

齋藤直樹跑去職員室拿鑰匙，這個發展對檀優里來說應該無關緊要。她或許早就預期會發生這種情況，但齋藤直樹的奔走在各種意義上都是徒勞無功。如果齋藤直樹沒有採取任何行動，就讓他繼續看到村嶋龍也跳樓的幻影就行了，如果他跑去拿鑰匙，就假裝跌坐在原地等他回來。實際上，檀優里選擇了後者。

齋藤直樹跑去職員室又回來的兩分鐘，檀優里什麼都不用做。齋藤直樹打開門鎖入內，發現村嶋龍也的遺體和遺書。遺書是檀優里預先準備的，如果拿去做筆跡鑑定，一定能查出是偽造的。但因為有兩個人目擊本人寫下遺書，因此沒有人想到要另外送交筆跡鑑定吧。這套故弄玄虛真是太大膽了。

關於第二起命案——高井健友，檀優里決定讓許多人目擊墜落瞬間，將他殺變成自殺。讓高井健友跳樓的方法，和剛才對我施展的手法應該差不多。太容易了。問題是什麼時候讓他跳下去。檀優里小心拿捏，等到箕輪小姐現身，確實從後方目擊高井健友墜落。結果後方有箕輪小姐、前方有管樂隊成員擔任目擊者，檀優里證明了自己的清白，以及絕無他殺的可能性。

箕輪小姐目擊學生墜樓後，立刻衝向陽台。這個時候，檀優里當然也在陽台。她躲在室內鞋和遺書附近——被空教室內牆遮住的死角處，然後在箕輪小姐衝出去的瞬間摸了她的腳。結果檀優里的身影從箕輪小姐的視野中消失了——檀優里讓她看到沒有人的幻影。回想起來，箕輪小姐的確提過當時她覺得腳有種奇怪的感覺。

『我家有養貓，貓經常會用臉來磨蹭人的腳。硬要形容的話，就像是那種感覺。就好像有貓蹭過腳邊——現在回想，應該是心理作用吧。』

檀優里接著讓箕輪小姐看見自己從空教室外面進來的幻影。冷靜思考，檀優里當時的行動相當奇妙，但現在終於揭曉究竟是怎麼一回事了。據箕輪小姐描述，檀優里的行動是這樣的——

『我告訴她發生了什麼事，她跑去陽台往底下看，又立刻抬起頭來，像是後悔了。然後——應該是噁心想吐吧——她蹲了下去，捂住嘴巴，接著堅強地掏出手機說要叫救護車……』

和班導一起調查現場時，我也覺得很奇怪，因為檀優里完全沒必要在這時候蹲下來，這個舉動極為突兀。然而檀優里卻不得不這麼做，因為她必須讓自己的幻影和實體重疊在一起。只要幻影和實體重疊了，接下來就可以解除能力了。然後她可以用實體的檀優里身分光明正大地離開現場。這次的遺書不是親筆信，但由於有人目擊墜樓瞬間，無人對自殺提出質疑，沒有演變成追查遺書真假的發展。

第三起命案——山霧梢繪，從某個意義來說，和村嶋龍也那時候很像。檀優里預先掌握到可以輕易盜用她的ＩＧ帳號，由於八重樫不再緊盯著山霧梢繪，她把毫無防備的山霧梢繪叫到那道窗邊，讓她從窗戶跳下去。山霧梢繪也是朝熊手丘的方向跳，屍體不會立刻被發現。

我不知道是讓山霧梢繪跳樓之後還是前一刻，總之檀優里拍下現場照片，登入山霧梢繪的帳號，附上那段像遺書的字句，發布出去。接著她前往在二樓社會科資料室等她的我這裡。和我交談之後，她碰了我的肩膀，讓我看見彷彿山霧梢繪在這瞬間發布圖文在ＩＧ上，以及她墜樓的幻影。

我慌忙衝出陽台，看到落地的山霧梢繪，覺得落地位置不太對，這也是當然的，因為我看到的墜落的山霧梢繪的身影全都只是幻覺。為什麼檀優里不讓我看到更貼近事實的墜落軌跡幻影，答案很單純。

因為如果忠實重現山霧梢繪的墜落軌跡，從那道窗戶就看不到山霧梢繪了。

實際上山霧梢繪墜樓的瞬間，我正在社會科資料室等檀優里，但我完全沒看到她掉下來。也就是說，從那間教室根本無法目擊山霧梢繪墜樓，否則我應該會看到山霧梢繪墜樓兩次，一次是實體，一次是幻影。因此檀優里在利用能力製造出幻影時，只能讓我看到煞有介事的軌跡。但我沒有發現這項限制，還愚蠢地繼續錯得離譜地推測，認為山霧梢繪有可能是因為落地時的撞擊而彈開了。

檀優里唯一沒料到的是，在走廊伺機而動的八重樫用手機錄影了。我再次確認，發現影片製作時間和實際在ＩＧ貼文的時間有著明顯的落差。更致命的是，雖然只有幾格畫面的短暫時間，但我看著沒有任何東西落下的窗外，癡呆地驚嚇的瞬間，被確實記錄下來了。

但根據這些事實分析出檀優里的能力，並無法讓我感到自豪，我反而覺得發現得太晚了。因為最大的線索，在更早以前——從一開始就擺在眼前了。

檀優里扮裝成死神，現身在美月面前。

如果根本沒有學生扮成死神，然後那身服裝道具過於超水準，又知道沒有任何地方可以存放鐮刀和長袍的話，應該就可以識破這一切都是幻影了。我的誤會和武斷，徒然拖延了查出能力的工作。

當然，我剛才看到的美月，也都是幻影。檀優里一走進圖書室，便以自然的動作摸了我的身體，接著坐到我旁邊，讓自己的幻影從圖書室退場，最後讓美月的幻影經過門外。做到這裡，就可以輕易把我引誘到泳池。她只要靜靜地跟在混亂的我背後就行了。每當我停步，就再次抓住我的衣角，製造新的幻影，持續操縱我。

「這樣……就結束了嗎？」

被識破能力，再也不是「繼承人」的檀優里失落地嘆了一口氣。確實就像她說的，這是不折不扣的「結束」，但我明確地搖頭。

「很可惜……妳錯了。」

「怎麼說？」

「不是結束，現在才要開始。」

我瞪住檀優里。

「被引誘到這裡的不是我，而是妳。」

算準了時機一般，美月和八重樫從消毒槽那裡出現了。他們收到LINE訊息了吧。美月的腳步有些遲疑、虛浮，相對地，八重樫大步朝這裡逼近。

「已經讓她的能力失效了嗎？」

「……對。」

「八重樫很清楚，但我不知道白瀨也是『繼承人』……」

檀優里面露笑容地說道，但她的話還沒說完，八重樫的硬拳便擊中了她的臉頰。

看到她超過一百六十公分的身體輕易摔倒在池畔，我這才想到她是個纖細的女生。檀優里是壞人，八重樫對她擊出正義的鐵拳，這樣的構圖或許並沒有錯。

但魁梧男子毫不留情地痛毆細瘦女生的場面，就連在電視劇或電影中都難得一見。其中充滿了壓倒性的醜惡與禁忌，甚至足以瓦解一切的前提、狀況和細節。

我忍不住轉頭不看。美月也緊緊地閉上眼睛。

「還敢笑……這個殺人魔！」

應該是想要反駁幾句，檀優里想要開口，但似乎立刻屈服於疼痛，表情糾結成一團。挨打的左臉已經一片紅腫，另一側的右臉則是在池畔如剉刀般粗礪的地面磨出了擦傷。鼻血汩汩湧出，白皙的膚色襯得鮮血更加殷紅。幾滴血落在上衣，彷彿綻放出紅花。

「……我要為了死去的他們，把妳碎屍萬段，妳準備受死吧！沒了能力，妳就只是個普通人，誰還會怕妳！」

檀優里秀氣地以右手拭去鮮血，總算開口了。

「……你打算就這樣把我活活打死嗎？會留下一堆打死人的證據。」

「給我閉嘴，臭婊子。妳居然毫無意義地殺了那麼多人……他們都是我的好朋友啊！」

「……毫無意義？」

「妳這種腦袋有病的女人做的事，怎麼可能有什麼意義？他們都是那麼棒的人、那麼好的夥伴，我們本來是那麼棒的班級……都是妳，毀了這一切……」

「……你這話是認真的？」

「什麼？」

「對不起，如果你是認真的，那真的沒救了。」

八重樫這次抬起腿來，準備狠狠地踹向倒在池畔的檀優里。我大喊「住手」，總算是制止了他這個舉動，但隨即轉念又想，就算制止，又有多少意義？因為我們都已經決定……要殺死她了。

「那是怎樣？妳說啊！」

「……要我說什麼？」

「妳殺死大家——殺死阿龍、健友和梢繪的理由！」

「這還用說嗎？因為我們班的環境惡劣到家，爛到底了。」

「妳……」

八重樫立刻要反駁，檀優里惡狠狠地瞪向他打斷。

「閉嘴。」

她的眼神散發出明確的無聲壓力，八重樫終於不得不閉上嘴。檀優里慢慢地站了起來。

「他們為什麼會被殺？理由任誰來看都一清二楚，大概只有你——只有你們——絕對無法理解。這就是我殺了他們三個最大的理由吧？我反問你，八重樫，燈花為什麼自殺了？你明白她為什麼自殺嗎？在你說的最棒的班級裡，身為你最棒的朋友、你們圈子的一分子，過著精采絕倫的每一天，應該是這樣的小早川燈花，怎麼會選擇尋死？你明白理由嗎？」

八重樫完全答不出話來。

同時他對自己無法回答而震驚不已。

「什麼『每個同學都是好麻吉，最棒的班級、最棒的年級』，蠢到連笑都笑不出來了。」

八重樫僵在原地，檀優里繼續說下去。

「一直以來，用沒有人看得到的強大力量對整個班級進行『調律』的，真的是我嗎？還是你們這些班上的支配者？為了讓自己在班上如魚得水，把好幾個人獻祭給班上的到底是誰？哪邊才是真的袞格斯魔戒？就算說到這分上，你八成還是想不透。你完全無法理解為何自己會被指責？哪裡有什麼問題？所以我也不期待你會理解一切。因為我也完全無法理解你們。」

「……妳討厭娛樂企劃，所以殺了三個人？」

「不對，你不要簡化問題。不過如果這樣比較好理解，隨你這樣去想吧。」

「……妳少鬧了。」

「我的終極目標大概跟你們一樣，那就是在真正的意義上，摧毀那毫無意義的校園種姓階級。不過手段不同。我的目標，不是讓班上團結合一，而是**讓班上變成一個個獨立的『個人』**。社會制度一旦建立，就必然會出現不平等，最終將形成一個以『君王』為至高無上頂點的金字塔。若要毀掉這個體制，就必須在『君王』之上創造一個更強大的上位者，簡而言之就是『神』。教室裡無論如何都需要一個神。這就是我的犯罪動機。」

逼迫教室裡聲音大的人自殺的——神。

神是連君王都要畏懼三分的絕對存在。在君王面前，人民是僕從，但是在神的面前，包括君王在內，每一個人類都是平等的僕從。金字塔徹底崩塌，教室完美地「調律」——我在心中輕易地補充了這些解釋，對自己感到一股無可抵擋的恐懼。我漸漸覺得她的話凌厲地刨抓著我的心。嚴實地鎖好、絕對不能開啟的門，正從內側被大力推擠。

「白瀨。」

一直低著頭的美月聞聲微微抬頭。她緊緊地咬著下唇。

「如果妳感到自責，放心吧，完全沒這個必要。為了毀掉這個體制，我認為應該要排除的，只有村嶋龍也、高井健友和山霧梢繪這三人而已。扮裝派對那天，不管妳怎麼回答，我都打算要殺掉山霧梢繪。我會向妳攀談，只是覺得如果能把妳嚇到不敢來上學，就算是撈到的，就這樣而已。我覺得如果妳繼續待在班上，可能會繼承山霧梢繪的遺志，礙我的事，所以才想除掉妳，永絕後患。至於八重樫，你不是什麼問題。雖然你顯然是支配者圈子的人，但你對班上的事不是那麼關心。你重視的是足球隊和你的女朋友——對於娛樂企劃，其實你沒有村嶋龍也或高井健友那麼投入。仁科萌香、郡山流聖、林未來、赤西哲也、森內仁這些人也是。他們雖然屬於班上的支配層，但各別都有另外重視的社群團體，其實對班上的事漠不關心。我相信只要打破體制，他們就會在班上變成順從的奴隸。

「許多人都搞錯了，他們盲目相信人類就是該和樂相處，也如此希望。不過這只是幻想，人沒有必要勉強和別人一起生活。各自為政的世界，其實才能讓每個人確實獲得幸福。但各自獨立是一件艱難的事，所以搬出大家團結在一起比較幸福的詭辯，欺騙自己。就像服毒麻痺身體一樣，用錯誤的認知，一點一滴地把自己的心『調律』成另一種樣子。」

「妳真的……瘋了。」八重樫眼神放空，點了點頭，就像醒悟檀優里是他絕對不可能理解的生物。「阿龍和健友還有梢繪，他們真的都是希望班上每個人都能開心歡笑，才那樣努力啊！不管怎麼想，當然大家相處在一起才是最快樂的啊！只是妳自己不想去理解而已，是妳太軟弱了。」

「我早就預見討論會是平行線，所以並不失望。可是你的話，一定能懂吧？垣內友弘。」

突然被檀優里伸手一指，我整個人僵住了。八重樫困惑地看我，我擺出「沒這回事」的表情混過去。只要稍一疏忽，種種感情似乎就要潰堤而出。我強硬地封印自己的感情，就好像把狂暴的山豬硬是關在小箱子裡。我盡量不加深思，在心的淺層挑選說詞。

「我怎麼可能懂？」

「別撒謊了。你一定明白我的感受，我知道你的本性。」

「妳少在那裡亂說……」

「不是亂說，我可是親眼看到了。高井健友剛死不久的全校集會上——你露出了怎樣的表情。那時候在體育館，我剛好就站在你旁邊。」

一把刀刺中胃部的絕望湧上心頭，「……妳閉嘴。」

「A班絕大部分的學生都在悲傷哭泣，你卻一臉滿不在乎地在滑手機。我瞄了一下，你在傳LINE，內容我到現在都還記得。『今天還有明天星期五，有人可以支援打工嗎？』——應該是打工的正職傳來的訊息吧？」

「……閉嘴，不要再說了。」

「星期五要開娛樂企劃的會議，你不可能去打工，然而你卻回覆『我應該可以』，然後……」

「……不要再說了！」

「你開心地**笑了一下**。」

少在那裡沒憑沒據地胡說八道！要是我能堅毅地這麼頂回去就好了。然而我卻當場語塞，甚至是眼眶泛淚，沉默下去。因為她所說的，完全沒有誇大其詞、加油添醋，是真實無虛的事實。

八重樫看我，眼神就像找到了共犯。美月低著頭，雙手握得死緊。

「……那是……」

我尋思能夠扭轉情勢的高明藉口，腦子卻一片空白。

那是無從否認的事實。我現在仍鮮明地記得，高井健友過世那時候，我感到興奮極了。從此以後，或許星期五也能正大光明地排班了。只要能增加打工時間，薪水自然就會增加，或許可以比預期中更早買到馬丁吉他。沒想到居然會發生這麼開心的事，簡直就像作夢一樣。一群白癡為了自爽而辦的白癡到家一點都不好玩的娛樂企劃，或許終於要劃上句點了。我擔心山霧梢繪可能會出來囉唆，可是應該不會吧？都出了這種事了，一定會喊停吧？拜託結束吧，不要再浪費我寶貴的時間了，不要再辦下去了，我不想再把生命浪費在跟那些既不是朋友、往後也不想成為朋友的Ａ、Ｂ班同學打交道了。我可以彈吉他，沉浸在一個人的世界裡。哎，不管是小早川、村嶋還是高井，真的……

感謝你們死了。

「……**我懂**。」

話從顫抖的喉間溢出。

「我當然懂……我們班爛透了，我恨死那個班了。可是……就算是這樣，也不能殺人吧？」

美月雙手摀住了臉。

八重樫散發出來的殺氣，終於明確地瞄準了我。但已經打開的門，無法輕易再關回去。好幾年來不斷地在我的心胸醞釀的醜惡情感，就像過度發酵的菌從桶子縫間咕嘟嘟滿溢而出，醜惡地洩洪泗流。

「只剩下一年半，就短短的一年半，忍過去不就完了嗎？忍過去高中就結束了，可以跟那個悶死人的班級道別了。」

「寶貴的人生就只有一次，其中的一年半可不算短，憑什麼我要把它浪費在跟一群無聊的白癡瞎耗上？我連一分一秒都不想浪費。」

「妳不是搬出柏拉圖的思想，說裘格斯的行為絕對無法容忍嗎？」

「那完全是柏拉圖的意見，我不是柏拉圖，也不是柏拉圖的信徒。我不是康德或邊沁，更不是羅爾斯。我唯一後悔的事只有一件，那就是我過度小看其他『繼承人』會像這樣揭露我的犯罪的可能性了。對於殺人，我毫不遲疑，反倒認為得到裘格斯的戒指，擁有能夠在無人知曉的情況下改革教室的力量，卻不去執行，才是一種精神上的怠慢，不是超人該有的行為。這就是我的正義。還有——你嚴重誤會了一件事，讓我糾正一下。」

「……誤會？」

「你說『只要再忍過剩下短短的一年半』，這錯得離譜。就算從高中畢業，和這群無聊蠢貨的共生也永遠不會結束。一輩子，從搖籃到墳墓，這群垃圾蠢貨的支配——共存，會持續到永遠。所有的人都不會放過你，讓你獨處。所以可惜的是，經過我『調律』的二年A班和B班，只有這兩班是這個世界唯一的烏托邦。」

「……夠了。」

八重樫煩躁地說。他慢慢地撩起一頭短髮，彷彿祈禱這能讓心情平靜一些。

「我明白了，妳這種人不該存在於這個世上。」

「你一定會這麼想吧。教室就像是把不同的動物關進同一個籠子裡飼養，因此必定會對其他生物產生敵意。結果連殺人都有可能發生。」

「……會殺人的，就只有妳這種心理變態。」

「是嗎？我想燈花應該就是你們逼死的喔。」

聽到這話，八重樫的內心似乎有什麼失控了。

他就像被觸發一樣，突然大步上前，惡狠狠地踹了檀優里的肚子一腳。檀優里低沉地「嗚」一聲倒地，八重樫瞪了她一眼，朝抽水機室走去。他想要做什麼？──可悲的是，我心知肚明。因為我們不為別的，就是為了這個目的，才把她引誘到這裡的。

轉開抽水機室的抽水機閥門，就可以輕易放掉泳池的水。我們已經事先確定過這件事了。地板猛地震動了一下，應該是八重樫轉開閥門了，同時響起泳池的水快速洩去的聲響。宛如巨大肉食獸從沉睡中清醒般的詭異聲響，彷彿撼動著我們的腹部。

八重樫再次回來，手中握著繩索。不是隨便一條繩索，而是我們事先放在抽水機室、綁上重物的特製繩索。

八重樫把繩索套在仍在痛苦嗆咳的檀優里的腳踝上，力道大到幾乎要造成瘀血。檀優里抱著肚子痛苦了好一陣子，但漸漸理解到自己的狀況。她循著套在自己腳上的繩索，看見等間隔綁在繩上，代替重物的啞鈴。

「……原來如此。」檀優里痛苦地嗆咳著說。「把繩子丟進泳池，啞鈴就會隨著水流，被吸進排水溝裡，然後我的身體也會被拖進池中。排水溝的蓋子記得打開了嗎？」

「妳給我閉嘴。」八重樫套好了繩索。繩索綁得極牢固，讓人懷疑檀優里纖細的腳踝是不是會被直接扯斷。當然，排水溝的蓋子事先已經打開了。啞鈴能輕鬆通過排水溝，但檀優里的身體會被卡住。結果她會被固定在排水溝旁邊，在激烈的水流沖刷下，喝下大量的水，無法呼吸，最後……

就這樣溺死。

八重樫把綁在繩索前端的第一個啞鈴丟進泳池。「鏗」的一聲，啞鈴被吸進排水溝。第二個啞鈴被拖拉似地吸入，第三個啞鈴也連鎖式地被吸進池中。繩索的長度我們充分計算過了，不長也不短。被改造成最適合殺人的繩索一眨眼就被吸入池中。池畔殘餘的繩索長度，意味著檀優里僅餘的生命。

「或許是多管閒事……」檀優里注視著逐漸消失的繩索說。還有一大段在岸上。「不過用這種方法，會留下確鑿的證據。只要有任何一點他殺的嫌疑，警方就不會放棄追查。警察可沒那麼笨，所以我才會謹慎再謹慎，布置成完全是自殺的樣子。你們沒有考慮過這些嗎？我的臉上有挨打的痕跡，腳踝應該也會留下繩索的勒痕。有太多他殺的證據。」

我們沒有人答話。看到繩索一下子又少了幾公尺，檀優里總算想到。

「啊，有治癒傷口的能力嘛。」繩索加速消失。「或許可以布置成溺死，可是無法解釋我怎麼會在這種時間，一個人跑來這種地方。你們打算要怎麼解釋？」

「……有監視器。」

我的聲音小到幾乎聽不見。

「監視器？」

「我們對班導說，只有泳池的鑰匙放在社團大樓保管太危險了，所以提議在社團大樓管理室裝監視器。幾天前管理室裝了監視器——也就是說，妳一個人去管理室拿鑰匙的身影被錄下來了。影像會證明妳是以自己的意志來到泳池這裡的。」

「……這樣。可是，我怎麼會一個人來這種地方？這太不自然……」

「今天是八月二號。」

「這怎麼了嗎？」

「我刻意選了這一天，把已經改過一次的圖書值日的日期又改到今天。這天就算有人想要來游泳池，千方百計溜進來，也順理成章，所以我們才會決定在這天把妳引過來。」

檀優里一臉懵懂，我亮出從自家帶來的一張傳單。

「煙火。」

檀優里的表情虛脫了。

「吉見川的煙火大會。原本是娛樂企劃的一部分，說今天A、B班要一起在泳池這裡看煙火。可是老師說太危險，不同意，但是妳……」

「原來如此。」檀優里笑了。「我無論如何都想看煙火，所以一個人跑來了……卻不幸掉進池裡淹死。」

「妳不擅長游泳，這件事就寫在文集裡……」

不喜歡．不擅長：游泳

「我的天。」檀優里笑了一陣，彷彿好笑到不行，接著注意到繩索已經所剩無幾。「太可笑了，打死我都不想看什麼煙火的說……不過，事情應該會照著你們準備的劇本走吧，因為每個人都只看自己想看的嘛。」

加速的繩索就像獲得生命的蛇，瘋狂扭動起來。摩擦池畔的聲音就像某種馬達聲，甚至散發出焦臭味。繩索即將全部被拉進去的那一刻，她看著我說道：

「我還以為你會站在我這邊，真可惜。如果地獄有可以一個人看書的地方就好了，誰曉得呢？你就在陽世繼續加油吧……那麼……再見。」

最後一句話還沒說完，她的身體便以超乎我們想像的高速被扯進池子裡，以不像人體的粗魯強硬被吸了進去。池底傳出來的一道巨響，是檀優里撞到排水溝口的聲音嗎？池面水花嘩啦啦激盪，我們看到檀優里的身體在裡面掙扎似地搖晃著。但她的動作愈來愈慢，看得出一條生命正逐漸被奪走。上一刻還在這裡跟我們對話的女生正在死去——生命消融，被死亡吞沒。她是死神嗎？是惡魔嗎？是殺人魔嗎？是裘格斯嗎？不，不是吧？她是……

美月跪倒在地上，彷彿再也看不下去。

八重樫雖然沒有露出笑容，但用一種「這樣就好」的表情注視著水底隱約可見的檀優里，微微點頭。

至於我，我……

我承受不住了。

我脫下上衣，就要跳進水中，八重樫扯住我的手，大叫：「你要做什麼！」

我甩開他的手。

「救她啊！」

「你在想什麼！她是殺人魔，只能這麼做……」

「我沒有資格制裁她，因為她、她……」

她就是我。

如果我在這裡坐視她被殺，我這輩子一定都擺脫不了心理創傷。或許警方會嚴厲追查，把我們逼入絕境。要是再有學生死掉，不管理由是什麼，班導等教職員的處境會更加艱難。這些現實的種種算計，都不存在我的腦中。

不能殺她。不可以殺了她。

驅動我的，就只有這個想法。

我只脫了上衣，就跳進混濁的池子裡。遇上強勁的水流抵抗，我立刻後悔應該連褲子都脫掉的，但無暇爬回池畔了。我直接吸飽一大口氣，潛入水中，睜開眼睛。水比想像中的更混濁，就算戴上泳鏡，或許也什麼都看不見。只是眼睛出奇刺痛。但我仍在強勁的水流中，設法找出被拉向排水溝的檀優里。

原本排水溝嵌著鐵網，但幾天前我們用起子把它拆下來了（當然，我們是在管理室裝監視器之前先侵入泳池的），製造出差不多約一格鞋櫃大小的洞孔。水流強勁得驚人，輕易就能吸入啞鈴，但洞孔大小無法將人吸入。檀優里的腳尖和膝蓋卡在排水溝，身體再也無法深入。

她的身體已經差不多一動不動了。摸起來冰冰冷冷，是因為身在水中，或者是……？我好不容易靠著摸索找到應該綁在她腳上的繩索。因為沒氣了，先浮上水面一次。我隱約聽到八重樫在喊叫，但不知道他在叫什麼。不管怎麼樣，幸好他沒有要跳進水裡的樣子——他似乎不打算來硬的阻止我。我再次潛水，試著解開繩索，但吸了水的麻繩顯然變得更堅硬了。水流很強，手指根本搆不住繩子。我抱住檀優里的腳按住，在這口氣的極限內，使勁扯掉繩索。

結果，水突然變得清澈。

水變得徹底無色透明，突兀得讓人以為是玩笑。

我陷入混亂，連自己都不知道看到了什麼幻覺，但馬上就發現了。沒錯，這是幻覺。我拚命設法解開繩索，卻在一片通透的泳池中央，看見兩個穿制服的女生坐在椅子上。是檀優里和小早川燈花。聽不見她們的聲音。兩人就只是表情愉悅地交談著，親密無間。

檀優里的能力沒有失效，但我無暇細思它的理由。對現在的我來說，唯一有意義的事實就是——檀優里還活著。

我又快喘不過氣來，放開了她，水頓時變得混濁。我上去吸了一口氣，再次抱住她的腳，水又變得清澈。但是很快地，泳池中央的兩人消失，儘管我接觸到她的皮膚，水卻不斷地混濁下去。

我放棄解開繩索，決定像拔戒指那樣，直接把繩索從她腳上拔掉。成功了。我使盡全力一扯，繩索維持環狀脫落，迅速地被吸入排水溝裡。我勉力攙扶著檀優里，把她拖出水面，美月朝我們伸出手來。

我自力爬上岸，美月使盡渾身之力，總算把檀優里拖上了池畔。檀優里立刻吐出大量的水，大口喘氣，又接著吐水。

「……為什麼救她？」

八重樫的臉背對著太陽，看不清楚，但我還是能看得出他的身體在微微地發顫。

「你是愛上她了嗎？」

「……怎麼、可能……」我甚至忘了喘氣，瞪向八重樫。「你明明最清楚，這絕對、不可能……」

「……什麼？」

「我知道……為什麼你一開始會懷疑我是真兇。我也不是傻子，什麼我從娛樂企劃會議的時候樣子就不對勁，那個時候你明明就已經坐在我附近監視我了。你以為那種說詞唬得了我嗎？」

八重樫一時說不出話來。或許他以為這件事情已經過去了，但是我不可能忘記。

「我就是那麼恨，對吧！」我對著八重樫大吼。「我討厭A班每一個同學，**討厭到想殺了每個人**，對吧？你就是用自己的能力看出了這件事，才會第一個懷疑到我頭上來。這點事我還看得出來！因為事實上我就是討厭每一個人！村嶋、高井、山霧！笑染頭髮的同學是猴子、私底下散播娛樂企劃是猴子活動洩憤的園川！像園川的跟班一樣哈腰鞠躬地跟在他屁股後面的張本！就像在說沒意見的學生沒資格當人、高高在上一副『我當你是朋友』的郡山！赤西！還有你，八重樫！每一個我都討厭死了！但是像這樣躲在一旁觀察每個人，自以為超脫一切的我自己，才是我打從心底、比任何人都更痛恨的人！這樣的我，怎麼可能喜歡上別人！」

「……你……」

「我會想要揪出真兇，動機也不是因為我恨兇手，而是想要知道，那個出於跟我一樣的價值標準去恨別人的人、從我最希望去死的人開始一個個殺掉的人，到底是個怎樣的人？我跟檀一樣，只想要一個人，只想一個人獨處。村嶋死掉的時候，老實說我很開心。高井死掉的時候，我心想要是可以照這樣全班都死光，班上一定會更舒服。要是教室只剩下一個人，我不曉得會有多高興。我忍不住這樣想，可是我就是覺得這種想法差勁透頂，才會認為如果他們的自殺其實是他殺，絕對不能放過真兇……因為如果容許，就形同我是在肯定殺人，就好像是我在喜孜孜地殺人一樣……」

我的心終於崩壞了。淚水奪眶而出。

「不能殺掉檀。就算她是壞人，如果我們三個『繼承人』像這樣聯手殺死一個人、強制他人遵守自己的規則，這種構圖，跟我最痛恨的……」

我站了起來。

「**跟我最痛恨的那個班級不就沒有兩樣了嗎！**」

「……哈哈，有意思。」

這笑聲是檀優里發出的。她仰躺著看著天空。臉上是擦傷，腳踝是勒痕，制服整個濕透，她難受地晃動著身體，用全身在喘氣。

「你那時候很害怕嗎？」她問我。

「……妳想說什麼？」

「你看到幻影了吧？我的能力就像你說的那樣，是『讓人看到幻影的能力』，但發動條件不單是觸碰對方而已。這個能力只有在恐懼害怕、陷入負面感情的人身上才能發動。這才是真正的發動條件。所以我在使用能力前，一定會想辦法驚嚇、威脅對方，或是讓對方陷入沮喪——好了，這下我的能力真的失效了。」

「何必故意讓我看那種幻影……小早川燈花的事，我也知道。」

「……你又知道什麼？」

「我看過她的遺書了。幾天前，我照著白帖上的地址去了她家，請她的家人讓我看了遺書，所以我知道她尋死的理由。」

檀優里沉默了。到了這步田地，她的表情終於第一次明顯地扭曲了。

「檀，妳不要搞錯了。我沒辦法殺妳，但這並不意味著妳獲得原諒了。不管妳的動機是為班上『調律』，還是為了祭弔小早川燈花，無論有再多值得同情的理由，殺害多達三個人，都脫離常軌了。我可以理解妳的感受，但殺人這種事絕對不可能被容許，所以妳還是必須在今天死掉。」

「……你是在打啞謎嗎？」

我騎在倒地的她身上，摑了她一掌。

清脆的一聲，水花順著我的手的軌跡噴出去。

或許是感到意外，檀優里驚訝地瞪大了眼睛僵住了。

「我今天確實殺死妳了。妳今天確實在這裡被殺死了。妳明白這意思嗎？妳被執行死刑了。剛才在泳池裡溺水，社會不適應者的檀優里已經死了。所以現在這一刻重生的妳，必須扛著死過一次的事實，從明天開始，成為一個正正當當的人。新學期開始後，妳當然必須好好地來上學，不管覺得再怎麼苦悶、再怎麼氣憤、再怎麼想死、遇到厭惡到想吐的事，都絕對要繼續上學。犯罪行為是絕對不能被容許的，妳必須隨時察言觀色，維持和諧，和其他人攜手並進，認清自己的角色，把維持好人際關係視為第一優先，像這樣活下去。因為人就算想要一個人活下去，也絕對、絕對只能活在人群當中！因為這對妳來說才是最痛苦、最嚴重的懲罰！」

「……你這是在說給你自己聽嗎？」

「閉嘴！什麼都行，妳必須好好證明，證明就算不殺人、不對環境『調律』，妳和我都還是可以正常過下去！所以妳今天已經死了！我今天殺死妳了！說，給我說『我今天死了』！真心相信自己死了，打從心底給我說！」

「……什麼跟什麼？」

「別囉唆，給我說！」

我用拇指指甲摳向自己的左手腕，盡可能用力地刮出長長的一道傷口。鮮紅的血慢慢地滲出。

「我……」檀優里開口。「**我今天已經死了**。」

「不准……」我再摑了檀優里一掌。「不准撒謊！妳要真的脫胎換骨！證明妳已經脫胎換骨了！我只再問妳一次。妳一定要死。證明妳死了，已經重生了！

如果做不到，這次我真的……真的會把妳**殺了**！」

有人像嬰孩一樣哇哇大哭起來。是美月。她把整個人往前栽的我推開了一些，涕淚縱橫地把手扶在檀優里的臉頰上。幾秒後，右臉的擦傷消失，開始瘀腫的左臉頰的傷也好了。就彷彿哀傷地逐一撿拾四散的串珠飾品般，美月一面哭泣，一面治癒了檀優里全身無數的傷口。

「不要再……」

美月開口，卻沒有再接下去。她哭了一陣，一再試著把話說出口，卻沒能做到，最後終於擠出來的一句話，卻不知道是對誰說的。

「……對不起！」

僾住的八重樫小聲喃喃：「……不行。」接著連說了三次「我不懂」。

我再次轉向檀優里，在左手又摳出一大條傷口。在彷彿所有的一切都要碎裂般無比的痛楚中，我再次問她。

「妳呢？……妳呢？」

檀優里流下淚來。

接著嚥下最後一口氣般，靜靜地闔上眼皮。

盛夏的泳池邊，她留下的那句話是——

「我在今天死了。」

終章 ❋ 悲劇的誕生

21

我在教室裡太大聲了。我必須接受調律。再見。

這樣寫，真的能傳達我迫切的心情嗎？雖然很懷疑，但是沒辦法，我就只想得到這些。畢竟我國語成績不好，也不算聰明。

心裡想的事，和我想做的事漸行漸遠，愈來愈多時候，我會想：啊，活著已經沒有意義了。我思考怎麼會這樣，說來可悲，我得到的結論是，原因應該是出在朋友身上。倒不如說，我開始覺得，那些人應該不算朋友吧？

長得比別人可愛一些，男生女生就會來討好，如果被討好，就必須跟這樣的朋友混在一起。因為這奇妙的規則，我的日常漸漸崩壞了。對於別人提出「好像不錯」的事，要反駁「一點都不好吧」，真的很可怕。我害怕自己的一句話會改變大家的意見，但如果說出來的話毫無影響力，也一樣可怕。

其實我想要打綠色的領帶，但大家說「燈花配粉紅色蝴蝶結才是最可愛的」，所以明明不怎麼喜歡，我卻一直勉強戴著CONOMi[6]網購來的蝴蝶結。連自己都奇怪怎麼會這樣。雖然是芝麻小事，但這種小事點滴累積，真的，很崩潰。

誰才是跟我最要好的人？誰才是我真正的朋友？仔細想想，從國中開始，我最好的朋友一直都是優里。她聰明又開朗，其實可以考上更好的高中，卻為了跟我在一起，選擇了讀北楓。

幾天前，我才發現我把優里逼到走投無路了。我覺得有一股隱形的巨大力量，必須服從於那股力量。但我發現，在屈從那股力量的過程中，我和優里還有大家都漸漸壞掉了。發現一副被害者臉孔的自己其實才是加害者，我真的再也承受不住了。一定有很多同學都因為我而受苦，真的對不起。甩巴掌就能氣消的話，我的屍體可以給你們鞭沒關係（笑）。

尤其是優里，真的對不起。雖然我不知道這奇怪的力量可以怎麼使用，不

6 譯註：CONOMi是日本一家制服網路商城。

過請妳把它當成我給妳的餞別禮物吧！我已經懇求前任學姊寫信給妳了，如果妳收到信，一定要讀喔。

如果還有下輩子，我想住在周圍沒有人，就像小天使海蒂住的遼闊山丘一樣的地方。我想要的，是不必跟任何人打交道，但可以跟真正重視的人好好相處的夢幻般班級。誰來幫我實現它吧！——都最後了還講這種話，真的很蠢呢（笑）。

讀到這封信的人，謝謝你。要是在家裡離開，對一點過錯都沒有的爸媽太抱歉了，而且也覺得很不甘心，所以我決定就給學校製造一個大麻煩吧！

再見了。再也不想見到的，虛假的朋友們。

小早川燈花

22

姓名：小早川燈花

班級：二年B班　社團：無　居住地：楓町
喜歡・擅長的事：猜別人的血型（準確率超過九成）
討厭・不擅長的事：香菜，還有喜歡香菜的人（笑）
要好的A、B班朋友：檀優里

23

媒體和大眾對四名學生的自殺失去興趣後，教室依然沒有恢復笑容與活力。和吉他弦不同，檀優里的「調律」似乎不會輕易走音。

九月開學，學校應該有了一番新氣象，然而卻成了檀優里、小早川燈花還有我視為理想的環境——只有一個人的教室，固定下來。少了煩擾的人際關係，沒有友情、喧鬧，但也沒有任何不方便的地方。

在神的名下，所有的人都是平等的、無力的奴僕。

「垣內。」

開學後過了約一星期的某天放學，八重樫叫住我。我停下正在收拾書包的手，八重樫一臉苦惱地對我說：

「後來我想了很多。」

「……想了很多？」

「我當然還是無法原諒她……但最後沒有殺人，我覺得或許還是得感謝你。要是當時就那樣殺了她，我一定再也無法是原來的我了。謝謝你。」

我默不作聲，八重樫稍微加重了語氣又說：

「可是，你還有她說的話，我覺得還是有很多不通的地方。如果不想跟大家在一起，只要說一句『我不想』就好了。你們會說，就是難以開口，這我懂。可是只因為說不出口，就擺出一副被害者的姿態，我覺得這顯然就不對了。那是你們應該要克服的『障礙』吧？」

「……你說得沒錯。」

「阿龍、健友、梢繪，當然還有我，我們真的一點惡意都沒有。我們只是很普通地，真的希望全班同學一起歡笑，才會辦那些活動。如果你們覺得這是多管閒事、讓你們不舒服，我真的很抱歉。但我還是不認為他們是壞人，他們真的都是很好的人。只有這件事我不希望你們誤會，而你們誤會的地方，我還是──有點沒辦法原諒你們。」

「……你說的話完全正確。」

我這話不是逞強，也不是客套，而是真心認為八重樫是個好人。問題是，世上有太多像我這種無法把好人當成好人看待的爛人了。就像檀優里說的，我們是被關進同一座籠子的不同物種，永遠都不可能相互理解。

「我還是搞不懂你。雖然搞不懂……不過我會努力搞懂，我是真心這麼想的。如果你懷疑，可以用你的能力測試我。」

「我相信你。而且我已經不能對你用能力了。」

「這樣啊……總之，如果你對我有什麼不滿，不要客氣，直說就是了。那個女人說我們是班上的支配者，可是我完全沒那個意思，我反而覺得是那些什麼都不說，只會低著頭的人，在教室裡製造階級──我是真心這麼想的。根本沒有什麼『上層』，有的只有相信自己在『下層』的人。我這樣的想法還是不會改變。」

「……謝謝你跟我說這些。或許我也開始稍微欣賞你了，你可以用你的能力測試看看。」

「我不會再用能力了。看到麻里佳的顏色，我真是受夠了。」

「……麻里佳的顏色？」

「麻里佳就那個，我馬子啦……不，現在已經變前任了。」

「……你們分手了？」

「她對我的態度還是一樣，可是看到她的顏色——摻上了一點藍色，這讓我害怕，厭煩了……啊，這沒關係啦。」

掰，我還有足球隊練習——八重樫說完就離開了。

參加富國強兵遊戲的人，其實身在比我們更嚴峻的戰場，衝鋒陷陣，殺得你死我活。他無法理解我的煩惱，而我也無法體諒他的煩惱。苦惱肯定是不分優劣的。

我在走廊和檀優里擦肩而過。她沒有和我對上眼，逕自通過。我不會每天跑去B班盯梢，但目前檀優里好像每天都會到校。我沒有聽到關於她的任何傳聞，也不想去探聽。我們大概不會再交談了。我認識的檀優里，那個死神、惡魔、殺人魔——千真萬確已經斃命了。是我殺了她的。

經過袞格斯「調律」而產生的空間舒適愜意。對於這樣的感受，我內心有著明確的罪惡感，就好像欣賞非法弄到手的電影，或藉由霸凌他人獲得快樂、偷偷摸摸貪好醜怪無比的事物般，這樣的悖德感如影隨形。

再忍耐一年半就好。我把這句話當成標語，就只為了在月曆打上叉印，熬過每一天。只要進了大學，就能逃脫現在的束縛。一個人住是絕對條件。只要能夠去到另一側，就再也沒必要在這種人工的烏托邦挖掘虛假的喜悅了。

還有一年半。只要再忍耐一下，就可以逃離這座牢籠了。

我並不討厭打工的時間。打工讓我離開校園，錯覺自己成為社會的一分子，能夠與提前自己一步謳歌自由的大人交流。

星期六上午十點的班——摺好濺滿煮蕎麥麵的熱湯的圍裙，我在休息區打開原聲吉他雜誌的最新一期。我已經不是翻馬丁吉他的目錄，而是進階到閱讀吉他雜誌了。但典子或許很難理解這個轉變有多麼戲劇性。

「啊，網飛果然太偉大了。」

她從這個話題開始聊起，還不壞。但說到一半，內容急轉直下，提到她參加的社團。

「社團……妳有參加社團嗎？」

「那當然啦，我是大學生耶。不加入社團怎麼能算大學生？」

「……不加入社團就不算大學生嗎？」

「阿垣，你那什麼表情？」

「一個人住，想要什麼時候上課就什麼時候出門，盡情享受一個人的時間。大學生……不是這樣的嗎？」

「唔，是這樣沒錯啦，但現實問題是，不跟別人借筆記，就拿不到學分，就算一個人住，跟朋友一起熱熱鬧鬧的也比較好玩啊。有人把我家當旅館住，我自己也覺得這樣很快樂，而且要是不加入社團，根本交不到什麼朋友……」

典子一定無法理解我是在為什麼錯愕。我再也無法專心聽她說話，接下來的時間，就像尊蠟像般度過。我本來想提前一些向她道別，並說出我特別等著要告訴她的開心消息——但這些計畫都粉碎消失了。

「我已經存到目標金額了，大概再一個月，我就要辭掉打工了。」

不不不，再留一個月吧——我已經預期店長會如此挽留，也打算如果店長開口就答應。剛才我也說過，基本上我並不討厭打工，但店長卻露出前所未見的兇相責怪我，拒絕我的辭呈，說他絕對不接受。如果要辭職，當然只能在年度底的三月辭啊！三月以前，不管怎麼樣你都要做下去。最近的高中生真是太沒有責任感了，小孩子就是這樣才討厭，真不該雇用學生的。

店長火冒三丈，我覺得無法和他理性溝通，而且現在的我有更重要的事。我決定改天再說服店長，放棄溝通，依照班表在下午四點半下班，前往已經預約好的樂器行。

結果花了近三十萬圓買到的馬丁吉他美麗燦爛，令人心醉神迷。因為買了昂貴的商品，店員送了我備用弦、彈片、捲弦器、調音器、硬盒，甚至是印有ＬＯＧＯ的移調夾。我當然說我想裝進盒子裡揹回去，請店員幫我打點好。獲得通往自由的翅膀的我，腳步比充了氦氣的氣球還要輕盈。我按捺想要小跳步的情緒，走向熟悉的圓環。

從頭到尾欣賞過石水的演奏後，我向他展示我的愛琴。

「你終於買了。」

我忙著展現靦腆的笑，連好好回話都沒辦法。我一直打定主意一定要請石水幫我試彈，沒想到我還沒開口請求，石水便說道：

「一直以來，真的謝謝你了。」

「……什麼意思？」

「我不會在街頭彈唱了。」

「……這樣、啊……難道接下來……」

「我要準備商業出道了。」

既然是好消息，沒必要沮喪。我露出笑容，石水表情有些悲傷地遞出一枚傳單。傳單內容是年底有一支萬眾矚目的新銳樂團要盛大出道，主唱是來自知名偶像團體的女歌手，其他成員有……

「這……」我懷疑自己看錯了。「石水先生要加入這個樂團？」

「抱歉，我……我在十字路口把靈魂賣給邪惡的魔鬼了。」

「你要彈……電吉他？在樂團，而且不唱歌？」

「我不是說了嗎？努力終於有了回報。你以為我直到今天都在做什麼？」

我驚訝得嘴巴都合不攏了，石水對著我重新深深戴好麥稈帽。

「我幾乎天天晚上到處跟業界的大頭們喝酒，有時候也介紹漂亮妹妹給他們。我挖空心思巴結他們，終於擠進大型計畫裡面了。」
「……這、我不信……」
「你以為我在騙你？」
石水說著，像平常那樣用力彈了一下耳垂。
「從北楓畢業以後，這個老毛病還是一直改不掉。每次要提出重要的問題，我就會忍不住彈耳垂……真是沒出息。即使在校園以外，還是得要能看穿別人的謊言才行喔。」
他安慰地拍拍我的肩膀。
「抱歉，我就是個這麼遜的大人。光靠吉他，我無法自由。你加油吧。」
原來那封信是石水寄給我的？你的字真漂亮——我當然不可能說這種話，只能失魂落魄地目送石水遠離的背影，以及哀傷地搖晃的吉他盒。
原來如此，彈耳垂的話，多少會覺得痛吧。原來這點程度的疼痛就夠了？用安全別針插自己大腿的自己簡直像白癡，我苦笑起來。
等待著失意的我的，是緊急召開的家庭會議。也不跟家人討論一聲，就買那麼占位的東西，你是在想什麼？這個家哪裡還有位置給你擺吉他？吉他很吵，你絕對不准在家裡彈啊！給我看給我看等一下也借我彈一下！

「還以為你是為了賺大學學費才去打工，原來是為了買這種東西？」

母親的一句話，讓火星蔓延到我升大學的問題，父母警告家裡只能供我上公立，最後給了我致命的一擊：絕對不許搬出家裡。連珠炮似的批判炮火讓我連一句話都無法反駁，我自暴自棄起來。

「夠了，我丟掉就是了！」然後，我奪門而出。

在玄關前再次被嘮叨，我大聲頂嘴，被吼說會吵到鄰居。

我受夠了一切，漫無目的地跳上電車。揹著吉他盒來到學校附近，但校門當然深鎖著。我繼續信步遊蕩，但其實似乎是在重複曾經走過的路線。

不知不覺間，眼前出現一座混凝土階梯。

臍丘公園。

我爬上階梯，在以前檀優里坐過的長椅坐下來，才剛把吉他盒輕輕放到地面，眼淚便不爭氣地掉了下來。腦中響起的，是檀優里在池畔說過的預言。

——就算從高中畢業，和這群無聊蠢貨的共生也永遠不會結束。一輩子，從搖籃到墳墓，這群垃圾蠢貨的支配——共存，會持續到永遠。所有的人都不會放過你，讓你獨處——

我再也克制不住嗚咽，這時感覺到背後有人。

我驚訝回頭，站在那裡的是……

「妳怎麼……」

是美月。

夜晚，而且是沒什麼照明的山丘上公園。我覺得還來得及掩飾淚水，連忙抹了抹臉，吸了兩下鼻子。

「妳怎麼會在這裡？」

「我聽見叫罵聲……所以跟來了。」

「叫罵聲……從我們家玄關傳過去的？」

美月微微點頭。「你好像很難受。」

「……呃，也不是什麼大不了的事……」

「因為我也……」一段遲疑的空白。「很難受。」

她問能不能坐在我旁邊，我們一起坐在長椅上。我覺得一直不說話，她可能會誤會我人不舒服，勉強開口找話說，但可悲的是，接連說出口的全是牢騷。

我是只想一個人獨處的社會不適應者，可是這是根本不可能實現的夢想，以為是通往自由的門票的吉他也是個大騙局，回顧那段汗流浹背辛勤工作的日子到底算什麼，就連店長的態度都像在證明這個世界是個地獄。家裡連我的房間都沒有，卻不准我搬出去一個人住，我咒罵心愛的家人，覺得所有的一切都讓人厭煩。這樣的我，啊，不就是個人渣嗎？不就是個垃圾嗎？我活不下去啊！我沒資格活下去啊！

我是個只會吶喊我討厭每個人、應該明天就去死的爛透的人。

「我也是。」

美月容忍我唱了一大齣獨角戲，終於插口說，噙著眼淚點點頭。

「每個人都是這樣的，一定是的。但我們還是活得下去。就算討厭每個人、其實只想要一個人，但還是可以好好活下去的。雖然這是個非得活在群體中不可的世界，但一定沒問題的。」

「好了啦……不用毫無根據地安慰我了，因為……」

「阿健還在的時候……」美月不讓我繼續說下去。「他問我：小月，妳跟垣垣是同一所國中的吧？我說對，阿健就笑，說垣內很那個耶，大騙子一個。」

美月問他為什麼這麼說，高井健友這麼回答——

「剛才我問垣垣：垣垣你也不喜歡孤孤單單一個人吧？結果他用假得要死的表情說什麼『或許我比較喜歡一個人』。」

「這怎麼了嗎？」美月問他。

「哦，就是啊，我看得出來啊，他是在撒謊啦。他的聲音在發抖，抖到不行說。不可以說出去喔。」

這段對話我記得一清二楚。聽到美月的描述，我當下想到的是高井健友在問人問題的時候，總是會吵死人地重拍一下手的動作。確實，拍得那麼用力，手應該滿痛的。石水輕彈耳垂，發動能力。如果彈耳垂的痛楚就足夠的話，光是拍手，應該也足以發動能力。

「在這個世界，只要附近有人，就讓我煩躁得想要尖叫，可是……」

美月注視著可以從山丘上一覽無遺的街道夜景說：

「只有自己一個人，又寂寞得讓我無法忍受。」

我低下頭，隱藏淚水。

「我放棄與人接觸，關在家裡，你卻願意好好聽我說話，真的謝謝你。還有，真的謝謝你阻止了想要殺死檀優里的我。就算你的動機並不純粹，不是完全出自正義感，但你能重視生命，拋開自己的得失，那樣努力奔走，這樣的你才不是什麼社會不適應者。從今以後，你一定也能活得很驕傲。」

月光照耀下，美月倏地站了起來，向我微笑。

「我要下去了。不過這不代表我們從此不相往來，或是就此訣別。我們以後雖然會走在不同的人生道路，但有的時候，方便的時候，任何時候，還是可以彼此扶一把，一起活下去。謝謝你在我痛苦的時候伸出援手，現在輪到我回報你了，所以你真的感到難過的時候，隨時都可以來找我。」

美月就像她說的，朝階梯走了過去。

我注視著她慢慢離去的背影，回想與她共度的時光。我曾有任何一刻，覺得美月煩人嗎？和美月共處的時光，有任何一瞬間感到憋悶嗎？

八重樫用他的能力，看出了我厭惡全班每一個人。可是其實只有一個人，他沒有偵測出我對她的好惡。就是當時請假沒去學校的白瀨美月。

我連她都討厭嗎？我連她都無法喜歡嗎？

沒事的，我可以活下去。我可以喜歡別人。可以和別人一起活下去。

然而不管再怎麼說服自己，不安仍未消失。高井——那個時候我回答的聲音，真的顫動了嗎？在我的內心深處，其實想要跟別人在一起嗎？不管再怎麼渴望他告訴我，也不可能聽到已死的他回應。那麼我只能相信了，相信他說的話，繼續迎向明天。我可以活下去的，沒事的。

我呼喊美月的名字，她笑著回過頭來。

「怎麼了？」

「抱歉，我現在真的好難過，難過到都快瘋了……」

口袋裡就像平常那樣，藏著安全別針。我不想要含糊不清，把安全別針刺進大腿前所未有的深度。

「……妳真的願意幫我？」

美月以沒有絲毫顫動的清亮嗓音回應。

「當然！」

國家圖書館出版品預行編目資料

直到教室只剩下一個人／淺倉秋成 著；王華懋 譯.--初版.--臺北市：皇冠. 2023.11
面；公分.--（皇冠叢書；第5123種）
（異文；10）
譯自：教室が、ひとりになるまで

ISBN 978-957-33-4080-5（平裝）

861.57　　112016624

皇冠叢書第5123種

異文｜10

直到教室只剩下一個人

教室が、ひとりになるまで

作　者—淺倉秋成
譯　者—王華懋
發行人—平　雲
出版發行—皇冠文化出版有限公司
台北市敦化北路120巷50號
電話◎02-27168888
郵撥帳號◎15261516號
皇冠出版社(香港)有限公司
香港銅鑼灣道180號百樂商業中心
19字樓1903室
電話◎2529-1778　傳真◎2527-0904
總編輯—許婷婷
責任編輯—張懿祥
美術設計—單　宇
行銷企劃—謝乙甄
著作完成日期—2019年，2021年
初版一刷日期—2023年11月
初版二刷日期—2024年6月
法律顧問—王惠光律師

如有破損或裝訂錯誤，請寄回本社更換
讀者服務傳真專線◎02-27150507
電腦編號◎554010
ISBN◎978-957-33-4080-5
Printed in Taiwan
本書定價◎新台幣420元/港幣140元